野呂邦暢、風土のヴィジョン

深谷 考

青弓社

野呂邦暢、風土のヴィジョン　目次

Ⅲ　風土・諫早

Ⅳ　歴史へ

装画――「諫早城下図」（諫早市立諫早図書館蔵）
装丁――神田昇和

プロローグ——なぜ、いま、野呂邦暢なのか

なぜ、いま、野呂邦暢なのか——ここから始めなければならない。

そう自問してみるとき、答えの用意はいくつかある。まずは、二〇一四年の五月・六月に、みすず書房から「随筆コレクション」として野呂の小説以外の文業、それも、単行本未収録の厖大な量を含む随筆をまとめた大冊（A5判）二巻（『兵士の報酬』『小さな町にて』）が刊行されたことだ。上下二段組みの各巻五百ページ以上の分量（四百字詰め原稿用紙に換算しておよそ二千七百数十枚に相当する）に度胆を抜かれた。

まだ野呂邦暢が生きていた頃に、『王国そして地図』（集英社、一九七七年）、『古い革張椅子』（集英社、一九七九年）のエッセー集が編まれていて、愛読していた。その後、「週刊読書人」紙上で「小さな町にて」（一九七八―七九年）の連載エッセーが始まった。毎週一回も欠かすことなく読み、それだけはキチンと切り抜いて全編を冊子風にまとめ、繰り返し読んで倦むことがなかった。そこに、私にとってあるべき知的好奇心に満ちた青春の見本が〝絵〟として見えていたからである。野呂が作家になるまでの読書遍歴の具体相が、たとえば、K古書店のことや影響を受けた叔父のこと、画集やクラシック音楽のことなどが、生き生きと綴られていたからである。

『小さな町にて』（文藝春秋、一九八二年）——このタイトルはフランスの短篇作家ルイ・フィリップ

の著作名から――が単行本としてまとまったのは、野呂の四十二歳での突然死（一九八〇年）の後、一九八二年だが、当時手にして読んでいるはずなのに、なぜか、記憶から脱落している。

むろんそれ以前に、最初の小説集『十一月・水晶』（冬樹社、一九七三年）につづいて『海辺の広い庭』（文藝春秋、一九七三年）を読んで、私にとって未知の、九州・諫早という土地名、有明海にそそぐ本明川とその河口の風光を描く簡潔な文章に魅かれていた。

〝焼け木杙に火がついた〟――とは、一度縁が切れた（切れかかった）男女がよりを戻すの喩えだが、いまからするとどうやら野呂邦暢と私とのかかわりは、それに似ているもののようだ。というのも、みすず書房「随筆コレクション」が出た、ちょうど一年前の二〇一三年五月を皮切りに、文遊社による「野呂邦暢小説集成」（全九巻）が刊行されだしたからである。没後三十三年、全九巻完結予定の一七年は、一九三七年（昭和十二年）生まれの野呂の生誕八十周年を迎える、だからかどうかは知らない。年に二冊のスローペースの刊行なので、読者としてもゆっくり時間をかけて読むのには好都合なのである。

その頃、私自身は長篇評論『車谷長吉を読む』（青弓社、二〇一四年）の後半にかかりきりになっていたから、その合間ののろのろたる〝野呂読み〟は、車谷世界とは異なって大いに気分転換に功を奏した。何より初期の「棕櫚の葉を風にそよがせよ」――この命令形をもったタイトルは、青春の鬱屈を描くにまことにふさわしいものがある。村上春樹の最初期の作品名も『風の歌を聴け』（講談社、一九七九年）の命令形だった。両者いずれにも〝風〟が吹いているのである。風といえば、アメリカ南部のタラに生まれたスカーレット・オハラの青春と南北戦争を描いた『風と共に去りぬ』（マーガレット・ミッチェル）がある。この四月（二〇一五年）から、鴻巣友季子による新訳が、新潮文庫（新潮社）で全五巻としてまとまった。遅ればせながら、いま読んでいるさなか。――とみてくると〝風〟はどうやら青春の隠喩（メタファー）として、あるいは時代を画するそれとしてイメージされてきたところがある、といってもいい。

それはともかく、「棕櫚の葉を風にそよがせよ」「壁の絵」「日が沈むのを」などを四十年ぶりに再読してゆくにつれて、

――ああ、一九七〇年代！……

と、内心に疼（うず）くようなノスタルジーまでをも覚えずにはいられなかった。

一九五〇年（昭和二十五年）生まれの私にとって、七〇年代はさながら青春の二十代そのものだった。三七年（昭和十二年）生まれの野呂邦暢は六〇年代の終わり頃に頭角を現し、七四年に「草のつるぎ」（「文学界」一九七三年十二月号、文藝春秋）で芥川賞を得てからは、あたかも獅子奮迅の勢いで書きに書いて六年（随筆の分量はその一端にすぎないけれど）、八〇年の五月七日未明、心筋梗塞で諫早の自宅で亡くなった。享年四十二だった。

野呂の単行本は出るたびにすべて購って読んでいた。同時代の阿部昭の本もすべて。のち、川本三郎、三浦雅士、梅原猛などの著作も、己が関心事の本は可能なかぎりすべて読む――これが私の通例（スタイル）だ。だから、野呂の生前に出た十六冊の本は手許にあるはず。あるはずなのに、溜まるばかりの本の山塊に埋もれて取り出すことができない状態だ。それでも、あの青と橙に彩られた夕陽のイメージの、箱入りの冬樹社版『十一月・水晶』の単行本を手にした折のことは忘れられない。箱も、取り出

した本も、愛撫するがごとくだったことも。当時の本は、いまと違って箱入り本が少なくなかった。とりわけ新潮社の「純文学書下ろし特別作品」と銘打たれたシリーズがいっぱい出ていた頃だ。安倍公房、遠藤周作、北杜夫……本そのものに贅を尽くすことができるほど、〝純文学〟という言葉が生きていて、時代を映す鏡でもあった。

*

野呂邦暢は風であるといいたい。

はじめはのろのろと吹きだした風が、旋風（つむじかぜ）となって、あるとき勢いを得て竜巻に変じ、そうしてふいに消えていった一陣の風である。

風景と風土と、そして風雪と。

そこに、なぜ〝風〟が冠せられるのか。

風貌とも風姿とも風采ともいう。気風や新風や作風もある。風俗、風流、風雅さえも。

いったい、〝風〟とは何か。

Wind is moving air.――とは、かつて中学一年生の英語の教科書にあった一文である。台風などはその最たるものだが、「風」たる文字の出自を探ってみると、おおもとは「鳳凰」にゆきつく。古代中国の想像上の霊鳥ないし瑞鳥のこと。聖天子出生のめでたい兆しとして出現するという。その鳳凰がはばたいて起こすもの、虫が鳴くように聞こえることから、「風」のなかに「虫」が入ったものらしい。要するに、「風」とは物理的な自然現象にもまして、霊鳥のはばたきとして捉える神話的背景を担っていたのである。つまり、「風」そのものが隠喩（メタファー）だったのである。

とすれば、〝風〟とは目に見えるものである以上に、目には見えない、捉えられないものをも存分に含んだモノ、すなわち矛盾し合うモノを合わせ持った両義性（デュアルユース）そのもの、と言い換えられるだろう。

では、私にとって改めて野呂文学の全体を考えるとは何かといえば、とりもなおさず一九七〇年代から八〇年代へかけての時代を想起することにほかならない。

その頃私が背伸びして読んでいたのは、のちに〝内向の世代〟としてくくられる中年の小説家たち——古井由吉、黒井千次、後藤明生、坂上弘など。そして阿部昭。当時、河出書房新社から「新鋭作家叢書」と銘打った〝内向の世代〟の小説家を中心とした選集が出ていた。全体が黒ずくめの、これまた箱入りの、中身はフランス装風の本だった。私の本読みの中心は阿部昭だった。最初の作品集『未成年』（文藝春秋、一九六八年）に、文字どおり未成年だった十九のときに出合って以来ずっと、目に入る、手にすることができるすべての文芸誌や新聞・雑誌で読んでいた。切り抜けるものは切り取って本のなかに挟み込んでいた。

なぜ、阿部昭だったのか。

その『未成年』が、代表作『司令の休暇』（新潮社、一九七一年）が、かつての帝国海軍軍人、敗戦後は魂の抜け殻のような轗軻不遇の親父（おやじ）を、ちっとも深刻ぶらず、苦いユーモアをたたえて描いていたことに共感を覚えずにはいられなかったからである。

「さよならだ。永かったつきあいも、これでさよならだ。僕はいちばん古い友達をなくした。……」

（『大いなる日』講談社、一九七〇年）

共感といったのは、実は私の父も志願兵としての海軍軍人（准士官、阿部の父は司令大佐）だったから、ばかりではない。当時、私は十九、大学受験の浪人の身の上で、ところが秋、父が癌の疑いで入院する羽目になった。世代は少しズレるものの、何もかもおかれた状況がよく似ているのに吃驚していたのである。いや、それは単なる偶然にすぎない。それよりも、阿部昭の文章の簡潔さと、のちになるほどときに歌うような吐息が〝詩〟になる瞬間を蔵した文章に、わけもなく魅了されたからだった。

そうした阿部昭の目を借りて、わが晩年の父の、愚直かつ不器用な生き方を捉えようとしていたのだろう。

野呂邦暢と阿部昭。

この二人の小説家には〝共通分母〟が少なくない。のろのろと野呂作品を再読し始めてからいっそう、そう思うようになった。その作家活動のピークは、やや前後するものの一九七〇年代の〝十年〟が、それにあたることだ。本書では野呂邦暢の作品を中心に論じるつもりだが、同時に、阿部昭の作品とも対照させることによって、より炙り出されてくるものもあるはずである。

野呂邦暢　一九三七年（昭和十二年）長崎県生まれ。八〇年（昭和五十五年）五月、心筋梗塞で死去。享年四十二。

阿部　昭　一九三四年（昭和九年）広島県生まれ（のち鵠沼に）。八九年（平成元年）五月、心臓発作で死去。享年五十四。

野呂からすれば、阿部昭は三つ上の兄さん格。同世代といってもよい。その文学活動の時期をいうなら阿部昭に遅れること三、四年、〝弟〟たる野呂は頭角を現し、そうして〝十年〟ののちに〝兄〟よりも先にこの世から消えてしまった。そういってよければ、〝疾風のように現れて、疾風のように去ってゆく〟（『月光仮面』〔ＫＲテレビ、一九五八―五九年〕の歌詞・川内康範）のごとくに。阿部昭は『十二の風景』（河出書房新社、一九八一年）のなかの「午睡のあとに」で、追悼をかねて野呂の死と生前時の多少のかかわりについて書いている。この中身についてはあとでふれることにする。

二人を比較すると、太平洋戦争で戦場に赴き戦った父親を持つこと、その息子であること。敗戦時、野呂は七人兄妹の次男、阿部は男三兄弟の末っ子。野呂の父は四十五歳の折に陸軍に徴兵（一九四五年〔昭和二十年〕）されたが、阿部の父は海軍志願兵である。二者の間で決定的に異なるのは、野呂が、広島についで落とされた長崎の原爆の子だ、ということ。もっとも、父の応召を機に長崎から二十三キロ離れた諫早（母方の祖母がいた）に、原爆の八カ月前に疎開していたから、被爆はかろうじて免れることができた。しかるに、長崎の銭座国民学校二年の同級生のすべては、原爆によって一瞬のうちに消えた。その死を一切、確かめるすべさえない。いうならば同級生を見殺しにしたまま、たまたま野呂だけが、死を免れることができたのだ。この事実が、だんだんに野呂に重くのしかかる。野呂本人に罪科（つみとが）があるわけではないのに、にもかかわらず、同級生のすべてが一瞬にして消えたことに、なぜ己一人はのうのうと生き延びているのか。――その名状しがたいもの、不条理性と罪障感が、根生いのように付きまとって離れない。

広島を見てしまった原民喜、長崎を見てしまった林京子や郷静子などの、直接の被爆体験の表現者ともまた異なる。

野呂邦暢の文学は、実はそこにこそ胚胎するものではなかったか。父の戦争ではあっても、「私」のそれではなかった。長崎に生まれ育った土地への原爆ではあっても、「私」のそれではなかった。その直接と間接のあわい、その埋めることができない体験と非体験のあわいに横たわる無限の距離感（ディスタンス）――それこそが野呂をして表現（書くこと）へ向かわしめた〝核〟なのではなかったか。

いくつもの問いが、だから、頭のなかをかけめぐる。

なぜ、諫早という土地から離れようとしなかったのか。

なぜ、「戦争」にいつまでもこだわったのか。

なぜ、父を繰り返し書いたのか。いや、なぜ、父の全体像を書こうとしなかったのか。

なぜ、日没、夕陽にこだわるのか。

なぜ、自衛隊に入ったのか。

これらの「なぜ」を含めて、野呂邦暢が生きた一九七〇年代とは何だったのか。

そうした〝なぜ〟に、いま一度、野呂邦暢の作品と向かい合い、検証を通して、その小宇宙（ミクロコスモス）を明らかにしたいと考えている。

＊

諫早高校生の頃、野呂は美術部に属していた。「幼少のころから本と絵が好きで、紙と鉛筆を与えれば、一日中静かにしている子供であった」とは、中野章子「年譜」（『草のつるぎ・一滴の夏――野呂邦暢作品集』〔講談社文芸文庫〕所収、講談社、二〇〇二年）の最初に出てくる言葉である。

――モネは、たんなる目にすぎない。だが、何とすばらしい目をもっていたことか。

これはセザンヌの、モネへの批評的賛辞（オマージュ）である。

野呂邦暢も〝目〟の人、〝見る人〟だった。〝見る〟ために歩く人でもあった。歩くことが見ることでもあった。自分の住んで生活している土地・諫早を、その根本に〝異郷人（よそもの）〟の目でもって、その川べりを、河口を、ときに小高い丘に登って俯瞰する。諫早は「地狭の町」であるからだ。

帰郷〔北海道・千歳から：引用者注〕してから毎日ぼくは憑かれたように外を歩きまわっている。外へ出れば足は自然に丘へ向う。洪水が水の爪でかきむしった町は一変して見知らぬ町並となってしまったけれど、丘を歩けばそこには洪水前の世界があり、ぼくをほっとさせる。

丘から低地へ、低地からまた丘へ、上流から下流へ、林から海辺へ、終日ぼくはうろついている。何を探すという目当てがあるわけでもない。ただ世界を見るためにとでもいおうか。見ることは歓びだ。至るところでぼくは子供のころから眺め、目に親しかった事物と再会する。（『一滴

の夏』文藝春秋、一九七六年。傍点は引用者）

野呂邦暢のなかには、実は梶井基次郎が棲んでいる。梶井の目を学んで、借りて、見ている節がある。梶井の、あの表現、あの言葉、すなわち『檸檬』（武蔵野書院、一九三一年）や「闇の絵巻」（同書所収）などの作品世界なしに野呂邦暢の文学世界はありえないのだ、と言ってもいいほどに。

視ること、それはもうなにかなのだ。自分の魂の一部分あるいは全部がそれに乗り移ることなのだ。（梶井基次郎「ある心の風景」『檸檬・冬の日——他九篇』〔岩波文庫〕、岩波書店、一九五四年）

「視ること」は、カメラ・アイではない。「視ること」は、人間の目たる視覚を中軸とした五感（目、耳、鼻、口、指）の発動の主体そのもののことだ。「視ること」こそは、五感中枢の七割以上を占めるばかりではない、脳神経に直接つながる記憶の埋蔵量を刺激し、構築せずにはおかない。

しかし、にもかかわらず、人は、見るべきものしか見ていない。いや、見たいものしか見ていない。肉親も他者も、むろん土地、風土でも。

作家は、書くことによって見る。書かなければ、モノは見えてこないのである。

野呂邦暢は風である、と書いた。

なぜ、風なのか、どんな風だったのか。——

I 「戦後」七十年

1　『父と暮せば』の問い

戯曲が映画になる、いや、戯曲を映画にする——そんな実験的試みは、意外やありそうで、ない。ウィリアム・シェークスピア四大悲劇他の映像化はすでにあるが、さて、日本ではどうかというと、黒澤明監督がとうに『マクベス』をもとに『蜘蛛巣城』（一九五七年）を、『リア王』をもとに『乱』（一九八五年）を、翻案制作している。

ことに前者は戦国時代を背景に、能舞台を思わせるガランとした広い空間（館）に、能面のような表情とすり足で歩く山田五十鈴（マクベス夫人）や、カッと見開く目の三船敏郎（マクベス）、さらに濃霧の立ち込めるなかから出現する亡霊など、全体が墨絵のごとき映像（小林信彦の評）は、『マクベス』の完璧な日本版として現前していた。今年（二〇一五年）の六月に池袋の新文芸座の黒澤特集の折に再び見たばかりである。

ここでは、黒木和雄監督による井上ひさし戯曲『父と暮せば』の映像作品（二〇〇四年）についてふれておきたい。

ところで、今年二〇一五年は戦後七十年にあたる。いまさら戦後もないだろう、一体いつまで一過性のお祭りイベントをつづけるつもりなのか、この伝で、戦後八十年、九十年、百年までも空騒ぎをつづけるつもりなのか。「もはや「戦後」ではない」と経済白書『日本経済の成長と近代化』(財経詳報社)に発表されたのが一九五六年(昭和三十一年)、戦後十年目のことだった。この時点では、まだ立派な「戦後」だったのである。正しくは敗戦後、七年間の被占領後、見かけ上〝独立〟しえたものの、政治・経済上ではアメリカの属国支配下にあると考えれば、「戦後」はいまも終わってはいないというべきである。より端的にいえば、家族・肉親・係累に、とりわけ若い生命の戦死者を無慮あまた出したこと、かれら死者たちの記憶が日常でいまだ生々しく、悲苦を想起せずにはいられぬ時代がつづいていたのである。六〇年代、七〇年代に至っても、とりわけ文学や映画にも、直接的・間接的に影を落としていたのである。

ところが、いつからだろうか、死者を忘れた、死者を忘れたふりをし始めたのは。「戦後」が単なる符牒のようになり下がったのは——。

今年は、戦後七十年の恩恵に浴することができたこともいくつかあったので記しておきたい。一つは、何より野呂邦暢の著作『失われた兵士たち——戦争文学試論』(私の唯一未読のもの)が六月に、文春学藝ライブラリー文庫(文藝春秋)として刊行されたことだ。これはただいま刊行中の「野呂邦暢小説集成」には入らない。八月には同文庫で、吉田満の『戦中派の死生観』(文藝春秋)も出、この機に『戦艦大和ノ最期』(講談社文芸文庫)、講談社、一九九四年)も手にした。『原爆投下——黙殺された極秘情報』(松木秀文/夜久恭裕、〔新潮文庫〕、新潮社、二〇一五年)も興味深く、改めて教えられること多く一気に読まされた。

もう一つは、岩波ホールの特別企画による黒木和雄監督の戦争三部作を含む四作品が、八月中に一挙上映されたことだ。すべては見られなかったが、『父と暮せば』と『TOMORROW／明日』（一九八八年）の二作品をはじめて見ることができたのは得がたい機会だった。当然にも、原作の井上ひさしの戯曲『父と暮せば』（新潮社、一九九八年）と井上光晴の『明日――一九四五年八月八日・長崎』（集英社、一九八二年）も読んだ。そうした本読みと映画による感銘がいつまでも尾を曳いていた。

そのため、ここから始めることにする。


では、『父と暮せば』とはどんな作品であるのか。一九四五年八月六日午前八時十五分のヒロシマ（原爆）を浴びてしまった人々の、その三年後の物語である。主人公・福吉美津江は、しかし奇跡的に直接の被爆を免れ、生き延びることができた二十三歳の、いまは女性図書館員である。

「うちはしあわせになってはいけんのじゃ」

家族や友人を原爆で失った美津江は、一人だけ生き残った負い目ゆえ、恋のときめきからは身を引こうとする。原爆の痕跡をとどめる瓦や時計やひしゃげた瓶などを収集して研究に役立てようとしている木下青年。かれが図書館にやってきてから交流が生まれるとともに、美津江の心が揺らぎだす。だが、彼女のなかの負い目が、

「人を好きになるいうんを、うち、自分で自分にかたく禁じておる」

と言わしめる。そんな娘を案じる父竹造は「恋の応援団長」を買って出て励ますのだが、頑なに拒みつづける。その父は、実はあの八月六日に全身被爆して死んでいるのだが、その死んだはずの父が幽霊体（！）として登場してくること自体が、井上戯曲の味噌、すなわち虚によってしか表せない真

を希求する企みにほかならないのである。娘の恋の行く末を心配するゆえに登場する幽霊――これを〝優霊〟(東雅夫)と呼びたい。『父と暮せば』は、だからその舞台には娘と〝優霊〟たる父しか登場しない二人芝居である。

娘の恋心の葛藤が、幽体としての父を一時的にこの世に召喚させるのである。なぜ死んだはずの父が登場するのか、については、繰り返すが何とかして娘の負い目を払拭して、木下青年との出会いゆえの恋を実現させてやりたい、実現させずにはおくものか――親心、老婆心そのものが〝優霊〟だからである。

――おまいのときめきから、わしのこの胴体が、
おまいのためいきから、わしの手足が、
おまいのねがいから、わしの心臓が、
できとるんじゃ。(要約。傍点は引用者。以下、「シナリオ」による)

死んだ父からすれば、「わしの分まで生きてちょんだいよォー」の使者(メッセンジャー)として登場しているのである。いうならば、〝いないのにいる、いるのにいない〟の透明人間的存在なのである。同じことは、木下青年についてもいえる。娘と父との会話劇のなかにしか、木下青年は登場しない。〝いないのにいる、いるのにいない〟のである。

ところが、黒木和雄監督の映画『父と暮せば』では、リアルに木下青年(浅野忠信)が登場する三

人芝居になるのが面白い。ただし、あくまで回想シーンとしてカットバック式に挿入されて。映画のパンフレットにはシナリオ（脚本＝黒木和雄、池田眞也）が載っているのがありがたい。シナリオでは井上戯曲の全台詞を生かしながら、全六十八の場面の長短、そのなかに二十二の「回想」が挟まる仕組み。木下青年との交流のシーンは主に前半、わずか六カットにすぎないのだが、それあることによって、舞台劇では得られない美津江（宮沢りえ）の「ときめき」や「ためらい」が、女優宮沢りえの表情・演技によって〝見える〟のが、うれしい。幽霊ならぬ〝優霊〟よろしく、父竹造（原田芳雄）の「恋の応援団長」ぶりは、孤軍奮闘、娘のここ数日の表情を見逃さずに〝ちょっかい〟を出さずにはいられない。真剣なユーモアさえ発揮してやまない。

印象的な、というより強烈な挿話あるいは場面を三つ、紹介しておきたい（以下、台詞の引用は映画シナリオによる）。

一つは、図書館で木下青年からまんじゅうを押し付けられること。それに託された、こじつけもいいところの、父竹造のこんな台詞――。

「たがいに一目惚れ、やんがて相思相愛の仲になるっていうことよのう。見かけはごつう固そうじゃが、中味はえっと甘い。おまいの心は饅頭とよう似とる」(15)

二つ目は、木下青年が収集しているヒロシマ後の残骸を一時的に借りているアパートに持ち込んでいるのだが、収まりきらず、管理人からも文句をいわれているので、図書館で預かってもらえまいか、と。対して、それはできん、マッカーサーが「うん」といわなければ無理だ、……でも、もしよろしければうちのアバラヤは一人住いじゃけん、仮りに一時的に置くだけなら……。その一つに「原爆瓦（かわら）」なる異物がある。木下青年がピカに興味をもった始まりのもの。

竹造が言う。「見ると瓦にはびっしり棘のようなもんが立っとる。そいも一本のこらず同じ方向に突き出しとる。こいは瞬間的な熱、そいも信じられんような高い熱で一瞬のうちに表面が溶けてできたもんにちがいない」(23)

竹造「地面の上のものは人間（にんげ）も鳥も魚も虫も建物も石灯籠も、一瞬のうちに溶けてしもうた。しかもそこへ爆風が来よった。秒速三百五十メートル、音より早い爆風。爆風に吹きつけられて溶けた瓦はいっせいに毛羽立った。そのあと冷えたけえ、こげえ霜柱のような棘がギザギザギザと立った。瓦はいまや大根（だいこん）の下ろし金、いや、生け花道具の剣山」(32)

もっともこの話は、美津江が子どもたちに夏休みおはなし会の準備をしているなかで、木下青年から「あなたの被爆体験を子どもたちに伝えるためにも、ぼくの原爆資料を使って、何かいいおはなしがつくれないものでしょうか」という要請に対して、「できん」と断るものだから、それを父竹造が引き取って、〝ヒロシマの一寸法師〟なるにわか昔話をでっち上げるなかで出てくるリアルな異物の紹介のところ。リアルというなら、もう一つ次のような一節も、おはなしの教育的効果だけではなく、井上戯曲を読む人、舞台を観ている人、黒木映画を観ている人たちへの、井上流に咀嚼されたうえでの正確な情報の提供である。ゆえにインパクトは強烈だ。

竹造「やい、鬼、おんどれの耳くそだらけの耳の穴かっぽじってよう聞かんかい。わしが持っとるのはヒロシマの原爆瓦じゃ、あの日、あの朝、広島の上空五八〇メートルのところで原子爆弾ちゅうもんが爆発しよったのは知っちょろうな。爆発から一秒あとの火の玉の温度は摂氏一万二〇〇〇度じゃ。やい、一万二〇〇〇度ちゅうのがどげえ温度か分かっとんのか。あの太陽の表面温度が六〇〇〇度じゃけえ、あのとき、ヒロシマの上空五八〇メートルのところに、太陽が、ペカーッ、ペカーッ、二つ浮いとったわけじゃ。頭のすぐ上に太陽が二つ、一秒から二秒のあいだ並んで出よったけえ」(29)

そのとき、広島周囲二キロメートル範囲のものはすべて烏有に帰した。

三つ目は、なぜ美津江だけが生き残ったのか——と関連する挿話である。

「県立一女から女専までずっといっしょ。昭子さんが福村、うちが福吉、名字のあたまがおんなじ福じゃけえ、八年間通して席もいっしょ。そいじゃけえ、うちらのことを二人まとめて「二福」いう人もおったぐらいでした」(35)

すると、竹造がちゃちゃを入れる。

「もう一人二人福の字のつくのがおってみい、まとめて「お多福」、いわれとったわ」(35)

井上流ユーモアまじりの言葉遊びも、あちこちに侵入している。「おとったん……」美津江呼ぶと、押し入れの奥から「なんか用か、九日十日?」といって出てくる。父娘の姓が福吉であるのも、名が美津江であるのも、福が吉が満つるようにと、あらかじめ考えられた名づけであること言うまでもない。美津江は「気立てもよきゃ頭も冴えた明るい女の子、なんせえ女専を二番で卒業した才女じゃけんのう」と、竹造自慢の娘だ。その美津江が、友人のことをこう言う。

「うちより美しゅうて、うちより勉強ができて、うちより人望があって、ほいでピカから救うてくれんさった」

そんな昭子さんがピカにやられて、なして「うち」が、生きていられるのか。前の日に近況を知らせる手紙をもらって、だからうれしくて徹夜で返事を書いた。次の日の朝（六日）、抜けるような八月の空。B29が飛んでいる。

「おとったん、ビーがなんか落としよったが」

美津江もビーに気をとられて、返事の手紙を落としてしまう。手紙を拾おうとして石灯籠の下にかがむ、その瞬間……。

43爆発音とともに青白い閃光（回想）

このゴチックと「回想」のシーン（全二十二シーン）が、井上戯曲・舞台にはない、黒木映像シーンとして挿入されるところが、シナリオのおかげでわかるわけである。

その瞬間、石灯籠が、火の玉の熱線から美津江をかばってくれた――ということは、昭子さんから手紙をもらっていなかったら、返事を書いた手紙を落とさなかったら、石灯籠の根方（ねかた）に「ちよごむ」こともなかった。「そいじゃけえ、昭子さんがうちを救ってくれたいうとったんです……」

三日後、美津江は西観音町の昭子の母親に会いにゆく。母親は防空壕のなかで背中に火ぶくれを背負って寝ていた。美津江の顔を見ると、「ごつうによろこんで」、力いっぱい抱き締めてくれた。ところが、昭子さんのことを話しているうちに、いきなり顔色が変わって、口にした言葉――。

「なひてあんたが生きとるん！」

それからまた――。

「うちの子じゃのうて、あんたが生きとるんはなんでですか！」

昭子の母親は月末には亡くなってしまうが、あのときの言葉が、美津江の心のなかに楔（くさび）のように打ち込まれて離れない。死者によって生者が鞭（むち）打たれているのだ、としたら……。

「うち、生きとるんが申しわけのうてならん」

美津江がそう思わざるをえないのも、むべなるかな、といえるだろう。


美津江「いんねの。あんときの広島では死ぬるんが自然で、生きのこるんが不自然なことやったんじゃ。そいじゃけえ、うちが生きとるんはおかしい」（49）


この美津江の反応や心の動きは、実はひとり美津江のものである以上に、ヒロシマ、ナガサキばかりか、あの戦争で死んでいったおよそ百二十万人の人々の肉親・係累の、からくも戦場から生きて帰還した生者たちのなかに等しく、生々しく息づいている感情だ、といっていいだろう。いうならば、ここには戦争を体験した日本人の心奥に宿っている、死者を想う宗教的感受性、あるいは根の深い儒教的な感性に潜む倫理感さえ指摘できる感情もしくは発想形態なのではあるまいか。

生者のなかに死者が生々しく生きている――そういう時代をさして、私たちは〝戦後〟と言ったのではなかったか。

美津江のそうした頑なな心の動きをとらえて父竹造は、「うしろめとうて申し訳ない病」と揶揄めかして名づける。加えて「死んだ者はそうよには考えとらん」と。

「わしの分まで生きてちょんだいよォ！」と死者に成り代わって訴えるのである。死者の側からの鞭ならぬ〝鞭撻〟であり、祈りなのである。

娘萩原葉子が、父朔太郎を書く。

娘向田邦子が、『父の詫び状』（文藝春秋、一九七八年）を書く。

娘幸田文が、『父・こんなこと』（〔角川文庫〕、角川書店、一九五四年）で露伴を書く。

こんなふうに、娘のなかに父が棲む――のは、自明のことなのだろうか。この親と子の対の裏番が、谷崎潤一郎と母、安岡章太郎と母、遠藤周作と母、という息子と母とのつながりの深さを考えてみると、女性性のなかに父なるものが棲む――文学作品がそれを端的に示唆しているのは紛れもない。とすれば、この〝親と子〟の組み合わせの現れ方は遺伝子上のアタリマエのことなのか。自明のことのようで、しかし、私には謎めいて答えがない。一般的には、〝母なるもの〟が帰るべき懐、包み、密着する存在であるとすれば、〝父なるもの〟は世間や社会につながる、もっとも身近な〝他者〟なる存在である。息子は母を発見し、娘は父を発見する。その風貌姿勢と中身と心性さえ、息子は母に似、娘は父に似るのである。

なぜ、どうしてだろうか。

……「このさなかにおとうさんのそばは離れない、どこへ行くのもいやです、行きたかありません。」一トたびことばを返しては、われからずんと据はるものがあつた。「行きたいんぢやない、行けと云ふのだ。」「いやです。」「強情つ張りな、貴様がそこにゐて何の足しになる。」「どうでもいゝんです、おとうさんが殺されるなら文子も一緒の方がいゝんです。どこの子だつて親と一緒にゐたいんです。」「いかん、許さん。一と二は違ふ、粗末は許さん。」「いゝえ大事だからです。」「それが違ふ。おれが死んだら死んだとだけ思へ、念仏一遍それで終る。」「いやです、そんなの文子できません。」「できなくてもさうしかならない。」「ではおとうさんは文子の死ぬのを見てゐられますか。」片明りに見る父の顔は、ちょつと崩れて云つた、――「かまはん、それだけのことさ。」

一九四四年（昭和十九年）のある日、B29の爆音につづいて起こる、ど、どっという破壊される音響があたりを揺らす。防護団が「出動！出動！」と叫んでいる。すでに書物を疎開させて荒涼たる部屋に、むき出しに一人座っている父露伴。娘は、そうした空襲下に端座する父を、平然とは見ていられない。離婚して家に戻り、文字どおり〝父と暮せば〟のとき。幸田文「終焉」の一節である。

竹造「わしをからだで庇（かば）うて、おまいは何度となく（のー）わたしに取りついた火を消してくれたよのう。……ありがとありました。じゃけんど、そがあことをしとちゃ共倒れじゃ。そいじゃけえ（きゃ）、わしは『おまいは逃げい！』いうた。そしたらおまいは『いやじゃ』いうて動かん。しばらくは『逃げい』『いやじゃ』の押し問答よのう」
美津江「とうとうおとったんは『ちゃんぽんげで決めよう』いいだした。『わしはグーを出すけえ、かならずおまいに勝てるぞ』いうてな」
竹造「『いっぷく、でっぷく、ちゃんちゃんちゃぶろく、ぬっぱりきりりん、ちゃんぽんげ』」
と竹造グーを出す。
美津江も、グーで応じながら、
美津江「いつもの手じゃ」
竹造「ちゃんぽんげ（グー）」
美津江「（グー）見えすいた手じゃ」
（略）
竹造「なひてパー出さんのじゃ。はよう勝って、はよう逃げろいうとんのがわからんか、このアホが。親に孝行すると思ってはよう逃げいや。おとったんに最後の親孝行をしてくれや。たのむで。ほいでもよう逃げんのやったら、わしゃ今すぐここで死んじゃるど」（63）

一九四四年の東京の空襲と、四五年八月六日のヒロシマと、背景は異なるものの同じ戦時下での極限状況で、父と娘との葛藤場面は、その心情——父を思う娘と娘を思う父と——でまったく共通するものといっていい。幸田文のそれは現実体験にもとづく回想ではあるが、単なる回想というには生々しい緊迫感のある状況が再現されている。対して井上戯曲に基づくシナリオのほうでは、〝優霊〟のせいもあるが、極限状況下でなお「ちゃんぽんげ」（じゃんけん）をさせる悲喜劇を演出させるのである。創作戯曲だからこそできる一場面（シーン）、すなわち悲劇を喜劇的に相対化する作者の意思とわざを覚えずにはいられない。

もしも、そういってよければ、井上ひさしのことだ、先の露伴と文の空襲下での絶対のやりとりの場面をとうに熟知していたのではなかったか。だからこそ、それを想起し、井上流に父竹造と娘美津江とのやりとりに、翻案ならぬ同工異曲化を施したのではあるまいか。むろんこれは勝手な邪推の域を出ない。ただ違いがあるとすれば、幸田文にとっては「父と暮せば」が娘の立場から、あの絶対のシーンが描かれていたといえるのに対し、井上戯曲のは、娘美津江の心の葛藤こそが心軸でありながら、実は「恋の応援団長」たる父竹造の心情のほうに比重がかかっているのだ、と見るのが至当だろう。

「自作を解説するぐらいバカバカしい仕事はないのですが」と、作者は「劇場の機知——あとがきに代えて」で断りながら、次のような「解説」を付け加えているので引いておきたい。

ここに原子爆弾によってすべての身寄りを失った若い女性がいて、亡くなった人たちにたいして、「自分だけが生き残って申しわけがない。ましてや自分がしあわせになったりしては、ますます申しわけがない」と考えている。このように、自分に恋を禁じていた彼女が、あるとき、ふっと恋におちてしまう。この瞬間から、彼女は、「しあわせになってはいけない」と自分をいましめる娘と、「この恋を成就させることで、しあわせになりたい」と願う娘とに、真っ二つに分裂してしまいます。

……ここまでなら、小説にも詩にもなりえますが、戯曲にするには、ここで劇場の機知に登場してもらわなくてはなりません。そこで、じつによく知られた「一人二役」という手法に助けてもらうことにしました。美津江を「いましめる娘」と「願う娘」にまず分ける。そして対立させてドラマをつくる。しかし一人の女優さんが演じ分けるのはたいへんですから、亡くなった者たちの代表として、彼女の父親に「願う娘」を演じてもらおうと思いつきました。べつに云えば、「娘のしあわせを願う父」は、美津江のこころの中の幻なのです。ついでに云えば、「見えない自分が他人の形となって見える」という幻術も、劇場の機知の代表的なものの一つです。

『父と暮せば』は、井上戯曲の最晩年の作品である。すでに新潮社から『井上ひさし全芝居』（全五巻、一九八四―九四年）がまとまっていて、長短を含めて四十一編が収録されているが、そこにこれが入っていないのは、『全芝居』後に書かれたものだからだ。井上ひさし自身、これがあるいは最後の戯曲作になるかもしれぬの思いがあったからか、珍しく「あとがきに代えて」、右にふれた「劇場の機知」なる自作解説を付していた。長年あたためていたヒロシマの主題ゆえのことである。

――これは、遺書ではないか。

『父と暮せば』のおしまいのあたりを読むと、ヒロシマを主題としての啓蒙や教化といったレベルを超えた、ある勁いメッセージを覚えずにはいられない。のち、二〇〇四年に黒木和雄監督によって映画化されたことは、井上ひさしにとって望外の喜びだったにちがいない。井上戯曲の映画化は、これが最初にして最後だ、ということ。そればかりか黒木監督にとっても、『TOMORROW／明日』『美しい夏キリシマ』（二〇〇二年）につづく『父と暮せば』が、戦争三部作の掉尾を飾る作品になったのも因縁めいている。

竹造「わしの一等おしまいに言うたことばがおまいに聞こえとったんかいのぅ。『わしの分まで生きてちょんだいよォ！』」
美津江「……」
竹造「そいじゃけえ、おまいはわしに生かされとるんじゃ」
美津江「生かされとる？」
竹造「ほいじゃが。まことあよなむごい別れが何万もあったちゅうことを覚えてもらうために生かされとるんじゃ。おまいの勤めとる図書館もそげなことを伝えるところろんとちゃうか」
美津江「……」
竹造「人間のかなしかったこと、たのしかったこと、それを伝えるんがおまいの仕事じゃろうが。それも分らんようだっら、もうおまいのようなあほたれのばかたれにはたよらん。ほかにだれか代わりを出してくれいや」

これを読むのと、――舞台は見ていないのだが――黒木映画で見るのとでは大違いなのである。

とくに最後のシーンに近いここに、啓蒙や教化の口吻があるのは否めないけれども、映画で、ここに至るまでの二人の役柄は、たとえば漫才のような〝突っ込み〟と〝ぼけ〟ぶりに比定できなくもない。できなくもないというのは、役割分担ではなく、竹造の〝ぼけ〟ぶりが、しまいには〝突っ込み〟に変じて、娘の頑なさを徐々に〝もみほぐし〟てゆく、死者に成り代わっての力（パワー）を発揮しもするからである。

「おまいはわしに生かされとるんじゃ」

これが死者から生者へのメッセージである。い、まを生きることに精いっぱいの美津江にとっては、このことばは大げさにいえば、天地がひっくり返るほどのことだろう。ほかならぬ〝優霊〟の父から言われたとき、返答に窮すると同時に、美津江のなかの「己れをいましめる娘」の看板鎧がパカッと、剝がれかけたのである。剝がれて、素のものが露わになって、透明になる。それそのものが〝救い〟に通じるのである。

己の生が生かされてあると悟ったとき、ひとは我執ならぬ他者そのものの存在が浮上してくるのにちがいない。自利ならぬ利他の思いに通じるものが……。

野呂邦暢について書くはずのところで、なぜ『父と暮せば』を持ち出してきたのか。もはやいわずと知れたことだろう、美津江の心の葛藤こそは、それと同質のものこそは、野呂邦暢の文学のなかにも棲んでいるものにちがいないからである。

2 『明日――一九四五年八月八日・長崎』の問い

今日は昨日の明日である。

明日は明後日の昨日になるはずである。

ところが、「明日」が一瞬にして消えたら、明後日の昨日はありえようはずがない。アメリカによる原子爆弾投下は、日本のヒロシマとナガサキの「明日」を奪った。烏有に帰せしめた。烏有とは「いずくんぞあらんや」という反語の意の漢文書き下し読みである。

井上光晴（一九二五―九二）晩年の小説『明日』は、ナガサキの一寸先は闇の世界を、いや、闇の〝一寸前の光〟の日常を描いた作品である。昨日につづく今日、そして明日もそうであるはずの今日八月八日のアタリマエの〝光〟を。その「構成にあたって、私は可能な限りありのままの八月八日を再現しようと試みた」と、「あとがき」にはある。

「『爆心地町域』のひとつである岡町の市電停留所前には巡査駐在所と製材所が並び、物置の隣りに閉じたチャンポン屋があった。さらに深堀道場に面した小路を上ると、原田、平尾、村上、端迫、坂本の表札を掲げた家が軒を接し、街道を挟んで北尾漬物屋、木村米屋、深堀酒屋、池田食堂、楠本提灯屋、果物屋、下駄屋などの看板がかかっていた」

小説は「一章から零章に至るまで、ストーリーのための虚飾は用いなかった」、ただ「登場人物の内質は虚構の方法によった」ともある。

『父と暮せば』がたった二人の登場人物なのに比して、『明日』は数えてみると固有名をもった人物だけでもなんと三十人もの庶民群像が登場している。作品規模は約二百六十数枚ほどの中篇である。全十章、ただし最後の章は「〇(ゼロ)」となっているのは、本当は作品全体がというべきなのだが、これだけでも痛烈なイロニーとなっている。一・二・三・……八・九、そして十となるはずが「〇(ゼロ)」。各章に長短はあるものの二十数枚前後、庶民群像のそれぞれの話が掌篇小説としてコラージュ風に描き出される。なぜなら八月八日・長崎こそが主人公であるからだ。

コラージュといっても明確な焦点が二つある。一つは三浦泰一郎・ツイ夫妻の次女ヤエと中川庄治の祝言（婚礼）のシーンからまずは始まること。もう一つは、同夫妻の長女ツル子がはじめての臨月を迎えていること（良人はフィリピンに出征中）。その難産の末に、八月九日の未明午前四時十七分、めでたく男子を出産したことである。このエピソードが、実は最後の「〇(ゼロ)」章となっていて約六十枚ほど、全体のなかでもいちばん長い分量をもっているのである。

「一」が祝言から始まるのは巧みな導入である。戦時中ゆえ家のなかでの簡素な婚礼ではあるが、当然そこに二人につながる親戚縁者と新郎新婦のごく身近な友人、同僚たちが集まることになる。いわば主立った登場人物の〝全員集合〟がなされ、そうして二つの焦点をめぐって他の人々の出自やそのためにかかえている小さな心の劇(ドラマ)が、以下各章にわたって炙り出される仕組みなのである。重要なところは、だから「一」と「〇(ゼロ)」、あいだに二・三・四……八・九の短章が挟まる、いうならばサンドイッチ方式である。

そんなふうに見えてきたのは、再読三読目でようやくのこと。初読の折はなにしろたくさんの固有名が出てくるために、ひどく混乱させられて何が何だかわからなかった。推理小説（ミステリー）のようにはじめからスッと入ってゆけて一気に最後まで疾（はし）り抜ける、という態ではないので、いささかのガマンを強いられる感は否めない。三十人もの群像を描き分けることの難しさを痛感させられもする。

その点、黒木和雄監督の映画『TOMORROW／明日』のほうは映像であるだけに、冒頭の祝言のシーンを見ていると、主役・脇役の、群像の個々が一気に見て取れるのである。個性的な俳優たちの風貌と存在感ゆえである。主役格のヤエを南果歩が、中川を佐野史郎が、臨月の長女ツル子を桃井かおりが、そして両親にあたる父三浦泰一郎を長門裕之、その妻ツイを馬渕晴子が演じているといえば、それだけで全体の軸心が〝見える〟といっていいだろう。今回ばかりは、映画を観たあとで原作を丁寧に読むことになった。

ここでは、「一」（「二」「八」）と最後の「〇（ゼロ）」を中軸（仮にA）としたうえで、「三」から「九」を大きく二つに分けて、「四」「五」「七」を親戚縁者グループ（仮にB）、そして「三」「六」「九」を友人同僚グループ（仮にC）として整理してみると、たくさんの群像が、Aを頂点にした三角形（トライアングル）の構図として見えてくる。三角形の左右にBとCを配してみれば、全体は次のような構図として捉えられるだろう。

各章をＡＢＣの構図に配してみると、「〇（ゼロ）」を別にすれば、いずれも各三章ずつ、かつ章番号を順に追ってみるとACB（一二三四）、BCB（五六七）、ACA（八九〇）となる。やや偏りはあるものの、バランスよく展開されているのがわかる。

　こういう分析が可能であること自体、作者のなかにあらかじめ部分と全体の精妙かつ緻密な設計図があったからにちがいない。三十人以上の固有名をもった群像を描き分けるためには、そしてまたAをめぐる八月八日という〝一日〟の庶民の諸相を描くためには、右のようなしつらえなくしてはありえないのである。

「四」。祝言を迎えているヤエの叔母（母ツイの妹）堂崎ハルの良人（おっと）（市役所の主任代行）が、浦上刑務所に拘引されているのはなぜか。長崎市役所では、お偉いさんたちが軍部と癒着して酒や肉やを横流ししている事実が発覚。対して無学党（学歴の低い給仕や夜学出身の職員のまとまり）の連中が対抗している内紛状況。人のいい堂崎彰男は、あらぬ嫌疑によって拘引の憂き目にあっている。ハルはようやく面会ができて、ヤエちゃんの祝言を報告する。披露宴は途中で警報が出たため仕舞いになったものの、「ご馳走、ツイさんが工夫してこしらえてくれなさった」。明日は裁判所で公判の日だったが、弁護士の都合で延期になったと知らされる。——なお作品ではふれられていないが、予定どおり明日の公判に出廷していれば、長崎地方裁判所は爆心地から遠く離れているため、直接の被爆にあわなかったはずなのに、そうはならなかった（「あとがき」）。そいじゃあ、とハルは、今日の婚礼での貴重なご馳走の残りを煮直して持ってくるという。

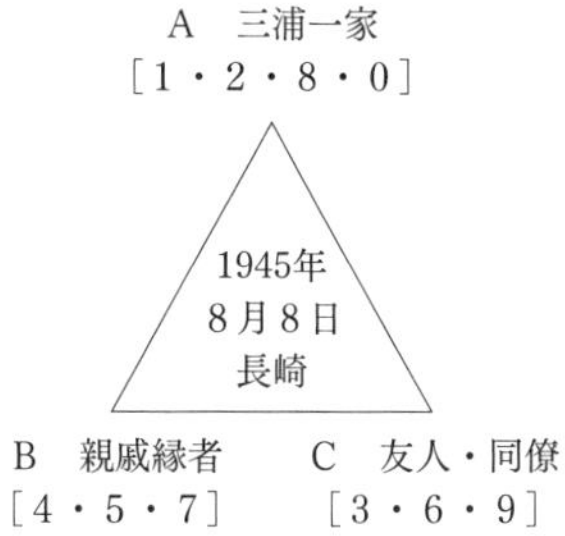

A　三浦一家
［1・2・8・0］

1945年
8月8日
長崎

B　親戚縁者
［4・5・7］

C　友人・同僚
［3・6・9］

「明日もくるとか、そいじゃ」（傍点は引用者。映画では、この挿話は割愛されている。）

「五」。中川庄治の義父・銅打弥助は、かつてホテルの料理長（チーフ）として腕をふるった。彼が作るオムレツは、天津のホテルにいた折、軍団参謀として赴任した宮殿下の「思し召し」をいただき、四日もつづけてオムレツを出したという経歴をもっている。そのかつての同僚が、端島（はじま）（軍艦島）から明後日出征する。ために銅打は何としても明日の夕方には島に行って、オムレツで出征祝いをしてやりたい。ついてはその玉子が容易には手に入らないため、農業を営む山口由信と妻キヨの所へ出向いて玉子を分けてもらおうと算段。ところが、山口宅では妻が錯乱状態で走り回っているありさま。なぜか。この家には島原の精神病院に入院している知恵遅れの娘がいた。アメリカ軍が九州に上陸したら真っ先に始末されるのではないかと脅える妻。病院からも重度の子は親が引き取ってほしい旨の連絡がきている。やむをえん、と夫は明日娘を連れ戻してくると決断する。銅打はそんな山口家がかかえる混乱の渦中に遭遇して、玉子のことを言い出しにくいありさま（映画では、銅打を田中邦衛が、山口を原田芳雄が演じている）。

「七」。長崎の路面電車の運転手をしているのが、ヤエの叔父・水本広（妻満江）。祝言の帰りに、同僚の車掌から石井常松が失踪したもようだと告げられる。どうやらかねてから噂があった未亡人・川辺安子と駆け落ちしたのではないか、との憶測である。石井はまだ二十の若い身空、十歳も年上の未亡人は開戦直後に戦死した海軍士官の妻、四つになる一人娘がいる。一度、二人で水本の元に訪ねてきたことがあった。そのとき未亡人は、唐津の実家から戻ってくるように再三催促されているのだと語った。再婚の話が絡んでいる。石井青年の「おくに」は平戸の先の生月（いきつき）。なぜかくも石井青年のことが水本夫婦の間で話題になるかといえば、子どもがいなかったせいで、妻の満江には出入りする石井を、「子供か弟のごと可愛がっとんなさっと」とまで。そんな石井青年が、水本にも告げずに二人でまさかドロンしたとは考えられない。仮にそうだとしても、この戦時中、移動証明書がなくてはどこにも行けない。まして憲兵と警察に目をつけられ、一度拘引に近い扱いでしょっぴかれている石井である。彼ら二人のこれからが気が気でならない。一方で、臨月のツル子のことも気がかり。だから、明日、ツエ姉さんのところへうかがってみたい。「何しろ二十九の初産だから、すんなりとはいかんとよ」(石井青年と未亡人の話は、映画では出てこない。水本広を演じていたのはなべおさみ、妻満江は入江若葉。)

「一」「二」「三」は祝言の場面がつづいているのだが、作者はここに集うている人々の個々の事情をさりげなく、でも印象鮮やかに描き分けることに腐心している。

ヤエと同僚の医大看護婦の江上春子は、そんななかでちょっと醒めたシニカルな目で眺め渡している。「看護婦養成所時代からの方位や数字を軸にする占いに凝っていて、相性の善悪や、行動する場合の吉凶を毎日のように算出してもいた」。助産婦の祝いの挨拶を聞きながら、頭の片隅で〝数えている〟のだ。昭和二十年八月八日を足すと三十六、この婚礼に出席している人々十三、足すと何ともっとも不吉な四十九(始終苦)になる! そういう春子自身、田舎の母から縁談が持ち込まれるたびに、相手の名前の字画や相性を占って全部断ってきた。「……人間にも自然にもなるようにしかならん法則があっとよね。いくら逃れようともがいてもどうにもならん。そんげん道がずっとつづいとって、（略）そういう道をうちたちはずっと歩いとるとだから……」

井上光晴は戦後の一時期トランプ占いに凝っていたという（秋山駿「解説」〔前掲『明日』所収〕）。右の江上春子という人物の名前のつけ方にも、その一端があるかどうかはともかく、右に引いた一節の揚げ足をとれば、ナガサキの原爆さえも運命の法則ゆえのものとの認識なのだろうか。日本の軍部中枢が必然的に招来したものとの認識なのか。歴史を後知恵で裁くのは問題があろうけれど、ヒロシマ、ナガサキが、アメリカによる核爆弾開発と成功ゆえの実験場だったことは否定できまい。人類への、神への冒瀆にも等しい暴挙ではなかったか。

「三」。いまは、もう一人のヤエの同僚・福永亜矢がお祝いの挨拶のなかで、長崎医科大学の学長が東京出張の帰途、広島を通過する折に見たこと、新型爆弾（「落下傘爆弾」）のことを伝えている。「広島の全市がたった一発で火の海になった。鉄筋の建物やレールもひんまがって、形あるものが全部吹っ飛んでしまうような爆弾」「線路の枕木や電柱まで燃えとって、いってみれば広島の全部が一発の新型爆弾で大火傷をした、それも瀕死の火傷をしたと考えるべきだ」と。

「六」。その福永亜矢も、実は誰にも相談できない悩みを一人かかえていた。妊娠三カ月なのだった。「処置するならぐずぐずしておれる時期ではない。もしやむを得ずそうしなければならないにせよ、正式の婚約と高谷藤雄の同意書は絶対に必要なのだ」。その高谷は造船所の仕事の関係で呉に一カ月の予定で出張中、ところがそれを過ぎても、さらに四十日もたっているのに戻ってこない。延びるとの連絡もまったくない。思い余って高谷の母親を訪ねてみても、知ってか知らずか、けんもほろろの態度対応なのだった。二人は「将来を疑ったことさえないのに」、さてこれからどうしたものか――。

ヤエの親戚縁者や同僚のことにふれてきたが、新郎・中川庄治の親友・石原継夫のことも「二」で最初に登場してくるので、ふれないわけにはゆかない。彼は胸を患って浦上第一病院に入院していた折、看護婦・西家季都子と出会い、一年四カ月お世話になるなかで思いを寄せるようになった。退院をしてからいっそう思いが昂じ、それを手紙で伝えたいのだが、どう書いたらいいものかと悩んでいる。婚礼の席ゆえか、ふと内心の声が甦える。その石原継夫のことに詳しくふれられるのは「九」で、である。彼の勤務するのは長崎俘虜収容所。その夜、イギリス兵のデビッドが病死する。軍も軍医も俘虜には冷たい。やりきれない怒りと己の無力さに打ちのめされている。はじめて娼婦と一夜を過ごす。赤い月が上がっている。

さて、ここまで抑えてきた中川庄治とヤエの中軸にふれなければならない。二人のことは「八」で、婚礼の終わったあとの新婚初夜のことが描かれる。

「こんなもん、こさえてみたとよ」

「わあっ、にくてんか。大好物たい」彼は大仰な声を上げた。「よう、メリケン粉のあったな」

「どがんしても持って行けといいなるけん、持ってきたと。特配ば少しずつ家で貯めとんなったとばってんね」

「わるかな、そがん大事なもんを」彼はいった。「こりゃ並のにくてんじゃなかごたる。おいが食べよったとは何時も一銭洋食じゃけんね。葱と削り節しか入っとらん薄っぺらかやつたい」

どがん、ばってん、そがん、ごたる——この濁音と撥音便の多い長崎弁が、いかにも方言の地方色の豊かさ、面白さとともに、音楽的抑揚（イントネーション）を、リズミカルな響きを耳に甦らせてくれる。関東生まれの人間には、関西弁の饒舌なやかましさよりも、土の匂いをもったどこか鈍重な人間の佇まいを感じさせてやまない。

「にくてん」とは何だろう。長崎版お好み焼きのごときだろうか。こんど長崎に行ってみたときにぜひにも賞味したいものだ。

製図机の引き出しから、良人は陶製の小物を取り出して、黙って妻の膝の上に。

「蓋を開けてみなっとよか。そん小物はおいが作ったとばってんね」

「かわいらしか」

良人は今後も有田焼の陶工として生きてゆきたいと思っている。胸を患ったあとは、当面三菱製鋼所の模範工員をつづける。「お部屋を見るとすぐわかっとですが、壁一杯にずらっと本の並んどります。題を見ただけで頭のくらっとするごたる難かしか本ばっかり」、だから「普通の工員じゃなかと」というのは、婚礼の席での助産婦・小付稜子の挨拶の言。知識人（インテリ）なのである。

小物のなかには「中指の先ほどもある真紅の珊瑚に、暗緑色のそれもかなり大きい石を飾った白金の指輪」。息をのむヤエの指に指輪を指し込み、「ちょうどよかたい。こん翡翠はおかしゃまの形見で、いちばん大事か人にあげろって、そういわれとったとよ」。

かくて八月八日の、新婚夫妻の麗しい夜も更けてゆく。

ヤエは昆布茶を入れた。

「明日、病院は何時頃、引けると」

「早番ですけん四時には終るとよ。そいでもなんやかやで五時にはなりますね」

「帰り、一緒に待合わせて寺町でん歩いてみゅうか」彼はいった。「あの辺に知っとる店のあって、ずっと前から目のつけとる深皿のあっとたい。沖縄の古物ばってん、あんたとおいの記念にしようかと思うとね。棚の隅に埃まみれになっとるから、まだ売れとらんやろう」

「沖縄の皿なら、もう買えまっせんね」

「全滅やろうな、もう。壺屋というて昔からつづいとるよか窯ばってんな」

「ああたは明日、残業じゃなかとですか」

「材料のなかとたい、もう。そいでもみんな残業しよるばってんね。頼めばなんとかなるやろう」

「そいじゃ、明日五時半、大学坂の下りたところで待っとりますけん。停留所じゃ人目のうるさかでっしょ」

「よか。五時半に行くたい。もしそいから十分待ってもこんとなら、真直ぐ此処に帰っとんなっとよか。そん時は材料の入った時やけんな」

だが、中川庄治とヤエの新婚二人の「明日」はないのである。「明日」がないことを、二人は知らない。けれども、この物語を読んでいる者は知っている。「明日」午前十一時三分に、この地長崎に原子爆弾が投下されることを。むろん作者は、そのことには一切ふれない。ふれないことでふれたいからである。原爆を書かないで「原爆」を書きたいからである。いわば作者は〝禁じ手〟を生きようとしている。その着想と企みが、その方法意識が、全編に、しかしさりげなく「明日」を暗喩（メタファー）として描出しえている。――堂崎ハルも、銅打弥助も、水本広も、江上春子や福永亜矢や石原継夫も、みなそれぞれが「明日」を予定し、かかえている。今日のつづきの「明日」を。しかし、その「明日」が、文字どおり一寸先は闇として潰えることを、誰一人として知らないのである。その圧倒的なまでの断絶感。こっちと向こうの、此岸と彼岸の間の透明な膜であるかのような不条理性――。

こうすることで、いや、こうすることによってしか、アタリマエの、しかしかけがえのない日常の重さが発光しえないのだとしたら、それは日常そのものが無明長夜の別名だからである。闇があって、光があって一対なのが日常である。ただし、光のなかで闇は見えない。闇のなかでこそ光が見える。出会いゆえの苦悩も、戦場への出征も、結婚も、出産も、あざなえる縄のように日常と非日常の交錯のなかにある。

では、ヒロシマもナガサキも、日本の軍部体制と戦況の末路の必然として、アメリカをしてそうさせたのだったか。ちょうどその頃、アメリカでは原子爆弾開発の成功をみていた。とはすなわち、その核の威力を試してみずにはいられない。戦争終結の名目のもとに。その〝実験場〟として、日本の陸海軍の中枢部たるヒロシマと九州が選ばれた。いうならば、井上光晴の小説『明日』は、それを守って書かれたが、アメリカはそれ＝〝禁じ手〟を破って行使したのだ。キリスト教国を奉じるにもかかわらず、それが人類への瀆神的行為であることを承知のうえで——。

「次に使われる原爆は、プルトニウム二三九を使用する原子爆弾である。広島型原爆『リトルボーイ』とは対照的に、ずんぐりむっくりしたその形から『ファットマン（太った男）』と名付けられていた。その威力は、ウラン二三五の原爆リトルボーイの一・五倍であった。原爆搭載機には、『ボックスカー』と呼ばれるB29が選ばれた。もとの機長だったボックス大尉にちなんで付けられた名前だった」

「原子爆弾ファットマンを搭載したボックスカー、科学観測機グレート・アーティスト、それに写真撮影機ビッグ・スティングの三機のB29がテニアン島の飛行場を飛び立ったのは、日本時間で八月九日の午前二時五〇分頃だった。（略）

小倉上空に到達したのは一〇時前。しかし、爆撃ポイントが目視できなかったため、原爆の投下をあきらめた。目視できなかった理由としては、前日、八幡製鉄所が空襲され、その煙が小倉市内に流れ込んでいたためといわれている。とにかくボックスカーは四十五分も小倉上空を旋回した挙げ句、第二の攻撃目標地である長崎へと向かったのである」（「第八章　長崎繰り返された悲劇」、前掲『原爆投下』）

今日は明日（あした）の昨日（きのう）になる。

何より三浦家の次女ヤエの婚礼の日である。長女ツル子（二十九歳）が臨月を迎えて、今日か明日かのときである。「二つのことが同じ日に重なってしまうとでもんね」

〝非の打ちどころのない一日〟というものを想定してみたい。非の打ちどころのない人間など、聖人君子でもないかぎりいるはずもない。けれども、私たちの生きている日常のある一日が、それとは思えなくとも、歳月を閲してみると、あの日こそは取り換えのきかない〝絶対の一日〟にほかならない、そうした一日を持っているはずである。それが結婚や出産の特別な日はもちろんだが、そうではない一日も。海辺の夏の日、八手のしげる庭を前にした午後の縁側、そこに猫もまどろんでいるひととき。――かつて阿部昭はそんな日を「人生の一日」と名づけた。幼年時代の記憶の豊潤さを「千年」(『旧約聖書』の「主の御前には一日は千年のごとく、千年は一日のごとし」による)といった。

朝のおだやかな光のみなぎる部屋で、母は縫い上げたばかりの産着を畳む。静脈の浮きでた手が弾みをつけてゆるやかに動き、折り目の上でしばらく休止すると、小鳥でも包みこむようにまるくなる。真新しい産着と二つのおむつの山。背筋を伸ばし、少し首を傾けてそれを見やりながら、母は小さく安堵の吐息を洩らす。私がふふと笑うと、母も鼻に皺を寄せて笑い返した。さ、もう何時生まれてもよか、とその顔はいっている。昨夜、母は殆ど眠っていないはずだ。ひときわ窪んで見える瞼の下で、ほかにやり残したことはないかというふうに忙しないまばたきをする母の顔は、妹が生まれた日、床の中から私に向けられたものと何処か似ている。その朝までおなかを突き出すようにして動き廻わっていた母の隣りには、可愛いというより何となく気色のわるい顔をした赤ん坊が、粘土細工みたいな手を覗かせており、不思議な気がした。

「〇(ゼロ)」章の冒頭である。引用でわかるように、この章は「私」(＝ツル子)の視点で、今日八月八日の午後から明日八月九日の午前四時十七分、「男ん子よ、ツル子」の出産に至るまでが、丁寧にドキュメント風に記されている。

比島(フィリピン諸島)にいるはずの弟辰也からの手紙は去年の十月からこっち跡絶えたまま。三菱電機製作所の同僚の戦死の報を知って以来、両親は弟の部屋をいままでよりいっそう念入りに整頓している。「出航準備、機関作動開始」、良人なら「私」の陣痛をそう呼ぶかもしれない。五カ月目を過ぎた頃、良人は「私」のおなかに手を置いて、「少し元気がよすぎるごたるね、この子は、といった。こらおとなしゅうせんか。出撃はまだまだ先ぞ」。冗談口を叩く気持ちの底には、前の流産のことがあったから。

陣痛が一時撤退したあとの静かな海辺。私は瞼を落とし、消えてしまった子供の甘い泣き声をゆっくりと反芻する。八月。過ぎてきた沢山の夏。来年の夏を考えるが、私たちの子供の姿は捉え難い。ただ、あたたかく、きらきらした、抱きおもりのする透明なものが私の胸のなかで揺れる。三人になった私たちの夏。

仏壇の引き出しから出てきた、いくつものお手玉。そのなかの小豆を取り出して、わずかの砂糖で煮たもの。「さあ、味見を」とツル子に振る舞う母。「蒸すねえ」といって、庭から大家のおばさんがツル子のために山羊の乳をもってきてくれる。一方、「竹の花が咲いたちゅ話」もする。六十年に一度、希に咲くというのは川端康成の随筆で読んだことがある。それは飢饉の前触れか崩壊の予兆という迷信のごとき、とも。

「〇（ゼロ）」章には、こんなふうにどの章にもまして、ある内なる記憶や昔の回想が、たっぷりとした時間が流れている、といっていい。井上光晴は、このツル子（「私」）を借りて、ある思いの丈を投影しているもののようにうかがえるのである。


八月九日、四時十七分。私の子供がここにいる。ここに、私の横に、形あるものとしているということが信じられない。髪の毛、二つの耳、小さな目鼻とよく動く口を持ったこの子。私の子供は今日から生きる。産着の袖口から覗く握り拳がそう告げている。

ゆるやかな大気の動き。夜は終り、新しい夏の一日がいま幕を上げようとして、雀たちの囀りを促す。


それから七時間後の、午前十一時三分、小倉ならぬ長崎の地に原子爆弾が炸裂したことを、『明日』に登場する人々は誰も知らない。ただ、これを読む私たちだけが知っている。

原爆を直接に描かずに、「原爆」を描く。原爆がもたらしたもの（たとえば『父と暮せば』）ではなく、原爆が奪い去ったものを描くこと――これが『明日』の世界である。その発想と手法の鋭敏さに驚きと敬服の念を抱かずにはおれない。同時に、ここにあるのは、アタリマエの日常の、実はとてつもないほどの〝一日〟の発見のドラマなのである。それを〝非の打ちどころのない日〟と名づけてみたい。私たちのなかにも、その人生の途上で、そういう一日をもっていないはずはない。だが、『明日』を生きている人々には、とうていかなうものではない。

野呂邦暢は、八歳の八月九日に、長崎から二十四キロ離れた諫早で、それを見ていた。

その日、私は公園へ友達を誘って蟬とりに出かけた。空はよく晴れていたと思う。めずらしく空襲もなかった。私たちが歩いている方向に城址のある公園台地がそびえている。視線のおよそ三十度ほどの高さに対空監視哨のある楠の巨木があった。

おかしなものが突然、木の上に現われた。白っぽい光の玉である。太陽のように見えたが太陽のはずはなかった。太陽は私たちの頭上に輝いていた。しばらくして鈍い爆発音が地をゆるがして伝わって来た。私たちはもよりの防空壕にとびこんで、光球の正体について話しあった。単なる爆撃には馴れっこになっていたから、敵機が月並みな爆弾を落したのでないことは察しがついた。

やがてどす黒い煙の塔が立ちのぼった。

私は町はずれの丘へ駆けて行って西南の方を眺めた。黒褐色の煙の下際は赤い焔で縁どられていた。煙の下にはそこで私が生まれた七年間を過ごした家と長崎の市街があった。そこから二十四キロ北東に位置する諫早へ疎開して半年あまり経っていた。昭和二十年八月九日の夜はいつもより早く訪れた。煙がくまなく空を覆い光をさえぎった。太陽は光を失いちっぽけな真鍮の円板にすぎなくなった。長崎の方から生嗅い風にのって布切れや紙の燃え殻があとからあとから漂って来た。空はこれらの黒っぽい滓状のもので埋めつくされた。不吉な夕焼けがひろがった。それは一つの都市が炎上する色でもあり、一つの帝国が瓦解する光でもあった。血を流したように濃い華麗な夕映えが西空を染めた。私たちは声もなく立ちつくして赤い光を見つめた。

夜が始まるとき、災厄の街から傷ついた人々が列車で運ばれて来た。彼らは諫早駅前の広場に並べられた。病院に収容できなかったからである。結局、収容する必要はなかった。大半が蓆の上で手当てを待つうちに息を引きとったから。諫早市近郊の丘にも火が点じられた。火葬場で処理しきれない死者を丘に穴を掘って薪で焼くのである。そのためこの日から八月十五日に至る一週間の出来事は私の記憶の世界において常に火と煙と死者たちの影像をともなって立ち現われる。

これが、野呂の見たナガサキの光景である。原体験というべき八歳のときの記憶の光景である。およそ三十年後にしてはじめて、記憶のなかの〝絵〟に、言葉による表現を与えた光景である。もとより八歳の幼年期に、右のような認識言語があるはずはない。ただ、八歳の目の奥に刻印された〝絵〟は紛れもなく在る。在るものをあらしめるために、いうならば言葉による映像表現を、ナガサキが野呂に強いたのである。そうとしかいいようのない過去景が、ここに在る。

後にも先にも、己が見たナガサキを、かくまで精細に描いた文章は、他にないからである。言い遅れたが、この引用は「戦争文学試論」の副題をもつ『失われた兵士たち』の「はじめに」の冒頭である。

長らく探していた本だったが、戦後七十年のおかげで復刊、文庫入りしたのですぐさま手にして読み始めた。すると、いきなり野呂のナガサキが描出されていたのである。読み進めてゆくうちに、不意と気づくことがあった。すなわち、これは『父と暮せば』や『明日』と、井上ひさしや井上光晴がかねて抱懐し追求していたテーマとまっすぐにつながるものであることを。ヒロシマ、ナガサキの庶民の〝戦争〟の、これは無名の兵士たちの〝戦場〟版にほかならない、と。

いや、順序でいうなら、野呂のほうが先陣を切っていたのではなかったか。

3 『失われた兵士たち——戦争文学試論』を読む

喘息もちのくせに絶えずタバコを口にしていた、にごった咳をしながらも暇さえあればウイスキーをお湯割りで飲んでいた、——それが私の知っている初老の伯父さん、松本戦後。「せんご兄さん」とよく口にしていた母から、いつだったか、一九〇五年(明治三十八年)、日露戦争(一九〇四—〇五年)後に生まれたので、そういう名前を付けられたのだ、と教えられた。大国ロシアを敗った戦勝空気の濃厚な時期に生まれたからだろう。もっとも名づけられた当人はいい迷惑である。事あるたびに、せんご、せんご、せんご!とはやし立てられ、いじめられた、という。

しかし、村の地主の長男にして早くから商才に長けていたので、町に出て、「松本商店」なるキッコーマン醬油の卸業の問屋を株式会社として設立した。店主社長としてもっぱら外渉と営業にあたった。一方、醬油罎詰の六本あるいは八本も入った木枠や樽詰を三輪自動車の荷台に満載して配達し、かつ帳簿実務にあたったのが、私の父なのであった。平四郎という名だったため、これまた子どもの頃から〝屁しろッ〟呼ばわりされて、己の名がイヤでたまらなかった、と耳にしたことがある。敗戦直後、旧海軍軍人にまともな仕事のあるはずもない。あぶれていたところを、わが母の兄が救ってくれたわけだ。父とすれば、昨日までの職業軍人がにわか商人に変わったわけだから、はじめはいわゆる〝士族の商法〟そのもの。店に入ってくるお客をじっと睨み返すばかりでモノも言わない。入ってきた客は場違いかのように、くるりと背を向けて出てゆくばかり――とは、わが父の伝説的笑い話。〝伝説〟というなら、むしろ「せんご兄さん」のほうがはるかに上をゆく。何しろ日中戦争にも太平洋戦争にも応召さえしていないからだ、村の同世代の男子がみな徴兵されていたというのに。徴兵を免れる特別な理由――といって肺病でもないから、別の事情？――でもあったのだろうか。本人も過去のことは一切言わず語らず、他人からふれられることをひどく忌避していた。

冒頭から私事に偏したのは、これも〝野呂効果〟なのである。戦後七十年を機に野呂の『失われた兵士たち』が復刊され、読みだしたとたん「明治三十八年生まれの父は――」という一節が目に飛び込んできて、

――おやおや？

と思ったのである。私の記憶のなかの、あの「せんご兄さん」と同世代の人だったのか、と。懐かしさと親近感と、にわかに右にふれた「松本戦後」の記憶の光景が甦ってきたのである。この人物はなぜか戦争には行かなかったが、野呂の父は敗戦になる一九四五年（昭和二十年）の二月に徴兵されている。四十歳にして、である。で、どうしたことか、戦地には行かず、「鹿児島、宮崎海岸に築かれた水際陣地に北九州から物資を輸送する列車の護衛に任じられた」由。そのうちに八月十五日を迎えたのだった。

「陸軍の下級兵士であった父は、復員して人が変わった」

「だから戦争にまけたことは一人の四十男を物心両面でうちのめしたことになる。しかし、たいがい

の日本人はしぶとく立ち上がって新規まき直しをはかった。父だけはそれが出来なかった」(「父の二つの顔」『兵士の報酬』所収、みすず書房)

野呂の父政児は、一九七七年(昭和五十二年)九月、七十三歳で死去した。奇しくも、この年の八月に、『失われた兵士たち――戦争文学試論』(芙蓉書房)は単行本として出版された。

わが松本戦後は、一九八四年(昭和五十九年)肺癌によって七十八歳で死去した。

＊

「戦後三十年めの夏がくる、という書き出しで始まる文章が、今年は流行ることだろう」(傍点は引用者)

こういう書き出しで始まる文章が、戦後七十年目の夏に文庫として復刊された『失われた兵士たち』の「五　生者と死者と」にある。「戦後三十年め」とは一九七五年(昭和五十年)のこと。この年の四月から自衛隊内部の月刊誌「修親」に、以後二年間(二十四回)にわたって連載された長篇評論である。前年の七四年(昭和四十九年)一月、それまで四回の候補――作品名を挙げておくと、「壁の絵」(「文學界」一九六六年八月号、文藝春秋)、「白桃」(「三田文学」一九六七年二月号、三田文学会)、「海辺の広い庭」(「文学界」一九七二年十一月号、文藝春秋)、「鳥たちの河口」(「文学界」一九七三年三月号、文藝春秋)――をへてのち五回目「草のつるぎ」によって芥川賞を受賞、作品が陸上自衛隊兵士の行動と日常を素材としていたことで注目を浴びていたのである。これがキッカケとなって、自衛隊の側から機関誌に原稿を依頼されたものである。一般誌ではないので、かえってそれまで抱懐していた無名の兵士たちが書き残した戦記についての思いの丈を述べるには格好の表現の場を与えられた、といえるだろう。日中戦争、太平洋戦争について、個人的な関心のまま十数年蒐集してきた約五百冊以上ものなかから、野呂が注目し推奨すべきものを紹介する。

「世人の耳目をひかなかった文章、すなわち九死に一生を得て帰ってきた無名の人々が、有名になろうとかひと儲けしようとかいう下心なしで、家業の合間にこれだけは子孫に伝えたいと心血を注いで書き綴った文章を中心にこの小文を進めていきたい」(「はじめに」)と、その意図と抱負を記している。「無名の人々」とは誰か、といえば「農夫、漁師、会社員、教師、神官、炭屋、理髪師、学生、タクシー運転手、鉱夫、肉屋、仕立屋、樵夫等あらゆる人間」と具体例を挙げている。要するに、一兵卒として戦場におもむいたのは、高い教育を受けた知識人(インテリ)や文学者ばかりではないのだ、として。また、戦争は将軍や参謀レベルで語られることが多いが、実際の戦場で銃を持って戦ったのは「無名の」一兵卒にほかならないのだ、として。

むろん文学者による作品(戦争文学)を無視しているわけではない。その代表的なものとして、野呂は次の十作品を列挙しているので紹介しておこう。

一、桜島(鹿児島) 梅崎春生 〈東大〉
二、俘虜記(ミンドロ島) 大岡昇平 〈京大〉
三、出発は遂に訪れず(奄美大島) 島尾敏雄 〈九大〉

四、真空地帯（大阪）　野間宏　〈京大〉
五、夏の花（広島）　原民喜　〈慶大〉
六、遁走（北満）　安岡章太郎〈慶大〉
七、生きている兵隊（中国）　石川達三　〈早大〉
八、極光のかげに（シベリア）　高杉一郎　〈東京文理大〉
九、遙拝隊長（内地）　井伏鱒二　〈早大〉
十、戦艦大和の最期（鹿児島沖）　吉田満　〈東大〉

（　）は野呂が付記した作品の舞台を示す。〈　〉は引用者たる私が付した。右の十冊について野呂の感想を略記すると、「十冊のうち六冊は内地からその近傍」、「実戦にのぞんだ描写は二、七、十に見られるが、二は捉えられるまでの経過が主」であり、「七は従軍作家の傍観的感想」、「本当に戦記といえるのは十しかない」と。注目すべきはとして、当時は大学出がきわめて少なかったなかで、著者たちすべてが最高学府の出であること。つまり、「書かれた文章の背後に戦争を批判することのできる教養があった」こと、「一般民衆より広い歴史的視野を持っていた」こと、いわば「選ばれた少数者」「例外者」にほかならないとする。

かくて、ゆえに野呂は問いかける。

「大多数の兵士は、私の父がそうであったように戦争目的について疑いを持たなかったと思う。だとすれば戦争文学のリストには、日本人の遺産としてつけ加えられるべき書物がまだ多くあるのではないだろうか。果して私たちの父兄は、未曾有の大戦に直面してたったこれだけしか経験の総和を残さなかったのであろうか」(「はじめに」。傍点は引用者)

この書(全二十四章)は大きく三つに分けられる。前半は主に〝陸戦記〟を中心に、中盤は〝海戦記〟に、そして後半はいずれをも含みながら沖縄戦、帰還、東京裁判を扱っている。まずは前半でふれる「一 敗者が得たもの」の章こそは、野呂の戦争文学と戦記を取り上げるおおもとの視点を提示し、かつそれが以降の章の主調音をなしているといえるだろう。その視点とは、文学とは何か、文学でしか表現しえぬものとは何か、という問いのこと。もっといえば、なぜ文学が必要なのか、存在するのか、という根本義を孕んでいる、と私には読めたのである。もっとも野呂はそんなことは一言も言ってはいない。

「一 敗者が得たもの」の書き出しには、こうある。

「わが国の戦争文学における最も大きな特色は、それが敗者の文学であるということである。アメリカ、イギリスのそれとくらべていちじるしく異なる点はそこにある」(傍点は引用者)

西欧という陸続きの大陸で、革命、内乱、異民族間の争いは常態だったとすれば、〝敗戦〟とは一つの政権の交代ともいえ、それが一個人の内面や世界観までをも変えるということはなかった。しかるに、日露戦争の勝利が、以後の日本の帝国主義的覇権をムキ出しにして満州事変、さらには太平洋戦争へという賭けに及ぶことになる。資源も、経済力も、軍備でも〝持たざる国〟が、英米の〝持てる国〟に対して宣戦を布告するのである。どだい児戯に類する企てだとの認識は当然にも良識ある軍部のなかにもあった。ゆえに真珠湾への奇襲攻撃という、いきなり相手の虚を突いて緒戦の戦果をもとに講和に持ち込むこと、それによってしか難局は乗り切れぬ。一か八かの賭けに出た。ところが、勢いづいた悍馬を御するのが困難なように、北に、西に、南へと、戦線が広がるばかりで、それを統括する能力を軍部は欠いていた。日本軍の参謀が、のちに「乱暴、横暴、無謀」の〝三ぼう〟とののしられたというのも当然だろう。

それはともかく、ここで野呂が、「一　敗者が得たもの」というタイトルに込めた思いを見定めておきたい。

> わが国の戦争文学は、いやおうなしに敗北を認めさせられることによって成立した。したがって、わが戦後文学には、作者が戦争で果した役割の如何によらず、文章の行間にいわくいい難い哀しみがある。死を賭してまで護ろうとした一つの倫理的価値に、意味がなかったことを知った者の哀しみである。そしてこの悲哀あるゆえに、体験の記述が文学になり得るのである。わが国の戦後文学と外国のそれとを本質的に区別するのは、この悲哀のあるなしであろう。（傍点は引用者）

言い換えれば勝者の側から「文学」は生まれないということだ。日露戦争で露国（ロシア）のバルチック艦隊を打ちのめして勝利を得たことが、のちに昭和の軍部の〝三ぼう〟を助長したのである。だが、語られるのは明治天皇の死を機に殉死した乃木将軍のことばかり、漱石の『こころ』（岩波書店、一九一四年）の末尾や鷗外の「興津（おきつ）弥五右衛門の遺書」（『鷗外全集』第四巻、鷗外全集刊行会、一九二三年）に代表されるがごとき、いわば明治の悲しみに多く焦点がゆくのはなぜか。さかのぼれば、『枕草子』の、『平家物語』の奥にある滅んでゆく一族の悲しみにも通底するものにちがいない。

敗者は敗北の屈辱を代償に、表現という手段を通じて世界を手に入れる。平たい言葉でいえば、負けた者は、地獄を遍歴した目で、自他の現実に生きる姿を、勝者よりも明らかに見ることができるのである。敗者の特権とでもいうことができる。(傍点は引用者)

この書の「はじめに」と「一　敗者が得たもの」が、以下、たくさんの戦記の引用を通して、日本と日本人の戦争を問い、考える要に相当している、という所以である。そこで二つ、ニューギニアとビルマについて紹介しておきたい。

「四年にわたるニューギニア戦には帝国陸軍がなめたすべての惨苦が集約された形で含まれる。飢え、下痢、熱帯性マラリア、寒気、暑気、雨、洪水、原住民の襲撃、弾薬ガソリンの不足、あげればきりがない。それに対してわが兵士たちはどのように対処しただろうか。悲惨な戦場に若し救われる要素があるとすれば、これら兵士たちが、困苦欠乏のさなかでもなお微少ながら人間のあかしを示し得た事例に求めなければならない。人肉喰いが発生するのもニューギニアである。同胞を食したというおそるべき行為はむしろ食せざるを得なかった状況にまで兵士たちを追いやった上層部に責任がある」(「三　さすらう兵士たち」)

これは野呂の総括にあたる一節、より具体に『ニューギニア戦記――太平洋戦記』(金本林造、河出書房、一九六八年）から、孫引きになるが引用する。

「私は戦後二十年間、ニューギニアのジャングルの様相を、何とかして日本語で表現したいと思いあぐねたが、いまだに的確な表現を探り当てることができない。『巨大で陰惨で無気味そのもの』といっても、何か足りないものが残る」

「一億という国民の中から、ここにいる若干のわれわれだけが、どうしてこの遠いニューギニアという島に送られる運命を背負ったのであろうか。（略）もう一つの怒り。それは、この戦場が、多数の人間の血を流すに価する地域であるかどうかという疑問からくる怒りであった。見渡した所、内地ではとても想像できぬ、鬱蒼たるジャングルと、それらの間に点々とちらばる草原ばかりである。農産物もない、都会もない、資源もあるとは思えぬ。こんな所を占領したところで、国力に何のプラスもなさないのではないか。（略）現実に迫っているのは、威勢のよい忠君愛国でもなく、ロマンティックな『山ゆかば草むすかばね』でもなく、飛び来る弾丸にオロオロ惑い、迫りくる戦車に恐怖の目をみはり、禿鷹のように舞う飛行機の目をのがれて、額から足先まで泥だらけになって這い回るという事実だけである」

次にビルマについてふれる。

『ビルマの花吹雪』という一九六三年（昭和三十八年）に刊行された自費出版、非売品について。ビルマで戦死した子息（立川武久大尉）のために両親が編んだもの。インド・ビルマ国境のフーコン地区戦場は、「死の谷」と称せられている由。敵に包囲されて大砲を放棄した責を、大隊長立川大尉は一身に負うて、「桜花のように潔く散った青年」の実録である。野呂によると、立川大尉が敵に包囲されてやむなく放棄した六門の野砲・山砲は二一年から二三年（大正十年から十二年）にわたって製造された旧式兵器だ、という。「三八式改造野砲とは歩兵の小銃と同じく明治三十八年に制式化された今世紀初頭の遺物なのである」（傍点は引用者）。ここでも「明治三十八年」が出てくる。かねてから、なぜ三八式銃という名称なのか疑問があったが、なるほど自衛隊経験者ゆえの指摘で氷解した。よくも悪しくも日露戦争をひきずっているのだった。一尺八寸の竹笛を略して「尺八」というのとはわけがちがう。万里の長城、ピラミッド、戦艦大和を三点セットにして〝無用の長物〟とは何で読んだのだろう。

陸戦記のなかにうかがえる不毛性——すなわち日本陸軍が被った飢え（糧食の補給も戦争のうちなのにそれが断たれた）と、弾薬・兵器（もともと旧式）の欠乏と、そしてそのための負傷者ばかりか兵士をあずかる上長ゆえの責を果たすべくの自決。ついでながらガダルカナル島をガ島と略すが、のちに餓島ともいわれた。右の三つも、帝国陸海軍の中枢にあった〝三ぼう〟の然らしめたものというしかない。歴史の後知恵でなら、かく言うことは易いといえるかもしれない。しかし結果責任というものは厳然として在る。開戦を決意したのは天皇である。政府と軍部である。戦争を起こした責任、戦争を煽動した責任、戦争をヒロシマ・ナガサキの原爆前に終わらせなかった責任、である。しかし、そうしてそのツケを払うのは前線におもむいた無名の一兵卒たちと庶民にほかならない。

一九四三年（昭和十八年）十月時点で、ここフーコンで師団はもとより兵卒はすでに〝棄民化〟されていたも同然なのであった。

以下は、野呂の解説と要約である。

「病院から引っぱり出した寄せ集めの兵に、武器といえば小銃と二個ずつの手榴弾だけで戦えというのは酷だが、敵は勝ちに乗じており、兵力も十倍以上である。

結局立川大隊は優勢な敵を向こうにまわして六月十三日、十四日、十五日の三日間、米支連合軍をモガウン河北岸に釘付けにすることに成功する。

そのとき集結した部下はわずか五、六十人、八割の兵が失われていた。真鍋氏もいうように寄せ集めの部隊が見知らぬ部隊長の下でこれほどの打撃に耐えてよく戦ったものだと驚くほかはない。ふつう三割の死者が生じると部隊の戦闘力は喪失するという。八割の死者を生じてさえ統制を失わなかったのは余程のことである。

立川大尉は生き残りの五十余人を独断で後退させている。敵を阻止せよという命令を十二分に果したと自ら判断したからだろう。兵一人ずつに敵前逃亡でない旨を証する紙片を渡し、ただ一人の従兵渡辺一等兵を連れて敵側へ潜行して敵状報告と遺品を託して本隊へ帰し、師団歩兵に射撃要求をしたという。したがってその最期を目撃した者は誰もいない。明らかに覚悟の自決と思われる。そのとき二十七歳だったという」

立川大尉の死の直前まで行動を共にした渡辺一等兵の文章を、次に要約、引用する。

「渡辺、お前はご苦労だが報告に帰るんだ、よいか」

「自分だけでありますか」

「お前が無事報告を果してくれたら、この地点に砲撃を開始するよう頼んでくれ、その砲撃によってお前が任務を果してくれたことを確認しておれは自決する」

形見として立川大尉は拳銃を与えた（「六　河辺の無名兵士たち」）。

＊

故人老いず生者老いゆく恨みかな

菊池寛の名句である由を、復刊なった『戦中派の死生観』の同題の吉田満の文章が伝えている。この「故人」は、直接には芥川龍之介のことを内に抱いて詠んでいるのではないかと、推察する。「故人」とはもともと古くからの友人のことをいうのが原義であり、のち亡き人のことをさすようになったことを考えてみると、この「故人」には、そういう二重の意味が含まれていると思われる。のちに「芥川龍之介賞」を創設した菊池寛でもあるわけだから。ともあれ、この句が、わけても戦争を体験し、死者を背負って生き延びた戦中派の心中をも貫く思いを代弁しえたものとも読めるところが、この句の懐の深さといえるだろう。人生の真実というのが大げさなら、もののあわれといおう。年若くして戦死した友を思い、吉田満は「痛みかな」と結びたい、と記している。

ちる桜のこる桜もちる桜

こういうアタリマエの何げない言葉で、しかし万感の思いを託せるのが、俳句の、ときに秘蹟にも等しい言葉の力である。いつの、誰の句かも知らない。本来ならちゃんと調べて報告すべきなのだが、ここは謎のままのほうがいいのでせんさくはしない。知る人ぞ知るでいい。――実をいうと、この句を知ったのは、『男たちの大和／YAMATO』（監督：佐藤純彌、二〇〇五年）という映画を見た折のことだった。負傷した海軍兵士（中村獅童）を、友人の海軍士官（反町隆史）が病院に見舞う。一九四五年（昭和二十年）四月はじめ、桜満開の頃である。間もなく戦艦大和は呉を出港つ。オレを連れてってくれ、と病床で訴える後輩に、先輩格士官のさりげなく口にするひとことが、先の句なのだった。生も死も、オレもオマエも、後先はあれ、お国のために死ぬのだ、いまは御身を大事にせよ、――などと口にするわけでなく、この句を言うだけ。映像、演出としてできすぎの場面ともいえばいえるけれど。もとよりこの句は、安易に戦時中の生死を託されるほどの意味を超えて、もっとより奥深い自然と人世をこそ示唆するものである。世界の隠喩たりえているからである。

ついでながら、この映画には戦艦内の厨房の場面が丁寧に描かれていたことが印象深い。だって「大和」の乗員は総員三千三百三十二人に及ぶのだ。片道燃料しかもたない特攻とはいえ、総員の何十日か分のおなかを満たさずには戦はできないのである。そのための厖大な糧食の仕込みや日々の中身などなくして艦内の生活もないことを、断片的にせよキチンと描いている映画だった。甲板で四、五人の若い海兵がたむろして、己が出身地のこと、故郷に残してきた親兄弟や恋人のことを話しているところへ、でっかいおにぎりをもって士官が振る舞う場面もあった。

呉を出て青年士官たちの間で、オレたちはなぜ死ななければならないのか、死の意義とは何か――についての激論の場面も描かれていた。一方は生え抜きの江田島出身の者、もう一方は予備学生すなわち学徒出陣で「大和」に配属された者たちの間で。

> 出撃ノ濃密化トトモニ、青年士官ニ瀰漫(ビマン)セル煩悶、苦悩ハ、夥(オビタダ)シキ論争ヲ惹キ起サズンバヤマズ
>
> 艦隊敗残ノ状スデニ蔽イ難ク、決定的敗北ハ単ナル時間ノ問題ナリ――何ノ故ノ敗戦ゾ如何ナレバ日本ハ敗ルルカ
>
> マタ第一線配置タル我ラガ命、旦夕ニ迫ル――何ノ故ノ死カ
>
> 何ヲアガナイ、如何ニ報イラルベキ死カ
>
> 兵学校出身ノ中尉、少尉、口ヲ揃エテ言ウ「国ノタメ、君ノタメニ死ヌ　ソレデイイジャナイカ　ソレ以上ニ何ガ必要ナノダ　モッテ瞑スベキジャナイカ」
>
> 学徒出身士官、色ヲナシテ反問ス「君国ノタメニ散ル　ソレハ分ル　ダガ一体ソレハ、ドウイウコトトツナガッテイルノダ
>
> 俺ノ死、俺ノ生命、マタ日本全体ノ敗北、ソレヲ更ニ一般的ナ、普遍的ナ、何カ価値トイウヨウナモノニ結ビ附ケタイノダ　コレラ一切ノコトハ、一体何ノタメニアルノダ」
>
> 「ソレハ理窟ダ　貴様ハ特攻隊ノ菊水ノ「マーク」ヲ胸ニ附ケテ、天皇陛下万歳ト死ネテ、ソレデ嬉シクハナイノカ」
>
> 「ソレダケジャ嫌ダ　モット、何カガ必要ナノダ」(傍点は引用者)

こういう特攻死の意義をめぐっての論争があった、それができたこと自体、海軍士官には陸軍とは異なる、ある種のゆとりないし幸福さえあったといえるだろう。己のいまあることの意味を問い、かつ論争できることとは、知識人ゆえである以上に、一個の人間としての品位の水準を示して余りあるのではないか。対して、しかし陸戦記にはそれがまるでない。

「ニューギニアやフィリッピンの陸兵たちは、死の意味より、食料や薬のことを考えるだけで精一杯であった。彼らは動物のように生き、虫のように死ぬことを余儀なくされた」(「二　戦艦大和」)。陸戦記のことを「暗緑色の地獄（ジャングル）」ともいい、「緩慢な引き伸ばされた苦痛の果てに来る死」といわざるをえぬのが悲痛だ。

先の論争の行方はどうなったのかというなら、青年士官同士の鉄拳と乱闘に及んだのだったが、それを理によって収めたのが臼淵大尉だった。

「論争のあとの深夜、彼は学徒出身者の中心となった数人の予備士官を集め、真率な口調で短い話をした。一つは、俺は貴様たちのように人生を考えるのが好きだということであり、もう一つは、江田島出の若い連中はあの世界しか知らんのだから勘弁してやれ、今日のところは俺に免じて収めてほしい、ということであった。

その翌日、当直に立った臼淵が、艦橋で薄暮の海面に双眼鏡を向けたまま低く囁くように吐いた次の言葉は、直ちに艦内に伝えられ、出動依頼の死生論議の混迷を断ち切った。特攻の死をいかに納得して受け入れるかについて、これを論駁するに足る主張は出なかったのである」(吉田満「臼淵大尉の場合」、前掲『戦中派の死生観』所収)

「次の言葉」は『戦艦大和ノ最期』のほうから引く。

進歩ノナイ者ハ決シテ勝タナイ　負ケテ目ザメルコトガ最上ノ道ダ
日本ハ進歩トイウコトヲ軽ンジ過ギタ　私的ナ潔癖ヤ徳義ニコダワッテ、本当ノ進歩ヲ忘レテイタ　敗レテ目覚メルソレ以外ニドウシテ日本ガ救ワレルカ　今目覚メズシテイツ救ワレルカ　俺タチハソノ先導ニナルノダ　日本ノ新生ニサキガケテ散ル　マサニ本望ジャナイカ

これが弱冠二十一歳七カ月の青年の言葉と信じられるだろうか、と野呂は記している。「特攻死」というある極限状況が、こういう稀有な人間を生んだとすれば、これは時代の秘蹟である。からくも生還しえた吉田満による伝道（ミッション）もしくは福音にも似た言葉である。

＊

前（さき）にフーコン地谷での立川大尉自決のことを、次に臼淵大尉のことを、いずれも若き無名の知識人の死を覚悟した人物のありさまにふれた。それを知ることができるのは、同僚同輩の生き残った者が言葉に託して伝達、証言をしてくれているからにほかならない。

さらに三つ目として、九死に一生を得て生還した無名兵士たちの戦後の生のありさまについてもふれておきたい。ことは丸山豊『月白の道』（創言社、一九七〇年）の「あとがき」のなかでさりげなく

ふれられたエピソードなのだが、肺腑を突かれる二例である。

「たたかいに敗れ、私は中部タイで傷病兵の治療をしました。九ヶ月後に日本へかえりついてからは、久留米の諏訪野町というところで医院をひらきました。医院にほど近い戦災者のための急造住宅で、ぱったりかれ（野呂註、ビルマよりタイへ撤退の途中、道づれとなった兵士）と出会いました。まじめに戦後の生活の準備をしている様子でした。ところが、その次に会った折りには、かれの生活のすみやかな荒廃にびっくりしました。（略）霜柱のかたいある夜あけ、たぶん夜っぴてドブロクにひたってきたかれは、自宅の戸口でつめたくなって倒れていました。（略）吉田軍曹は佐賀県の背振山に帰還してきました。輸送船にのって故国をはなれるときから、雲南・ビルマの激戦の日々にいたるまで、かれは私の部隊にいました。（略）かしこくてきびきびして、明るくて、勇敢で、模範兵のなかの模範兵ということができました。死のひしめきを運よくくぐりぬけて、なつかしの山ふところの村、背振にかえりつき、老母がまもってきた田畑を耕すことになりました。（略）そのうち、となり村の農家の娘をめとり、げんきな子供をうみ、村の篤農家として、一見なごやかな朝夕を送っていました。そして十数年が経過しました。ある日、とつぜん、『なんの理由もなく』農薬をのんで自殺したのです。もちろん、遺言も遺書もありません。（略）かれの未亡人は、毎年旧の正月になると、あたらしい餅をどっさり風呂敷につつんで、おんぼろバスにゆられて里へ降りてきます。むかし上官であった私に、餅をふるまうというのです。そして、帰りしなに一度はつぶやくのです。『どうして死にんさったか、ちっともわからん。』

あのドブロクで血を吐いた兵隊の心の荒みや、ふっとこの世にさよならをした吉田軍曹の胸のうちが、私にはよくわかるような気がします。それは単純な無常観だけではないはずです。（略）」

こうした例は、日本の各地で帰還兵士のなかにあったこととして、野呂は、硫黄島で戦後十年近くたってから発見された元兵士のことも伝えている。「内地へ帰還した後、島に埋めた自分の日記帳を掘り出しに行くと称して硫黄島へ戻り、スリバチ山の断崖から同行者の目の前で直下の海へ身を踊らせて自殺している」

戦場を馳駆した無名兵士でなければ書けない戦記を紹介するつもりで『失われた兵士たち』を書き始めたが、はたしてそれが実現できたろうか、と最終章にあたる二編「二十二　滅亡と救済」「おわりに」で自問している。「答えは否であり然りである」と。

「否」というのは、次の理由による。「理想をいえばこの小文は文学者ではない人々の書いた文章のみをたよりにすすめてゆくはずであった。それが実現されなかったのは、作文を生活の習慣としない人にありがちな生硬な表現、紋切りがたの文章、ことがらの一面的な判断が多く見られるために、戦争という異常な極限状況で日本人が何を考え、何をしたかということをたどるには、根拠とするのに弱いと気づかざるを得なかったからである」

実際に紹介した戦記の多くが、結局のところ、学歴や学識のある知識人（インテリ）の文章表現に依拠せざるをえなかったこと、加えて、大岡昇平や武田泰淳や吉田満らの、己自身を対象化――すなわち他者化しうる目なくして作品の自立性のありえぬことをわきまえている文章こそが頼りだったこと、を正直に伝えている。ふと思い出すのは『俘虜記』（大岡昇平、創元社、一九四九年）のエピグラフに「心のよくて殺さぬにはあらず」の『歎異抄』（唯円）の一節がおかれていたことである。むろん反語である。ひとは追い詰められたなら何をしでかすかわかったものではない、知性や理性などアテにはできやしない――、もっといえばひとは獣性をも有った存在なのだ、とはすなわち性悪説である。なぜ、ライオンやゴリラがそうではなくて人間だけが戦争をする動物であるのか、という問いだ。大昔からそうだった。なぜか。それは人間が言葉をもったからだ。言葉を有つとは固有の民族ゆえの文化と文明を有ったことだからだ。二十一世紀に入ってもなお、テロリズムという新種（？）の戦争が絶えないのはなぜなのか。

「心のよくて殺さぬにはあらず」とは、己自身のなかに〈敵〉が潜在しているのだ、と言い換えることもできる。「反省のない戦記に何の意味があるか」と野呂は問い、「反省とは戦後、連合国が日本に要求したような侵略者としての日本を自認することではなくて、戦争のなかにおける自己の客観化である。憎しみをもって敵を見るのではなく憐みをもって見るのである」（「六　河辺の無名の兵士たち」）と記している。「憐みをもって見る」とはどういうことか、正直よくわからない。ことは戦記を書くとはどういうことかの文脈で考えると、記述者に己のなかの〈敵〉と相手（他者）としての〈敵〉そのものが見えているか、とそこまで問うているように思える。大岡昇平の『野火』（英訳"Fires on the Plain" Penguin Edition、創元社、一九五二年）を京都に向かう車中で、一気に読み上げて心をゆすぶられ、のちに翻訳をしたアイヴァン・モリスの、次の批評と呼応するものだと思う。

「〈敵〉はアメリカ軍でもフィリッピン人ゲリラでもなく、また、日本軍内部の狂乱した軍国主義者たちでもなく、人間生活の不安定な構造を徹底的に破壊するもの、文明の黄金時代をたちまちにして一掃し、潜在的な人類の獣性を表面に浮かび上がらせる崩壊的な力、戦争それ自体が敵軍なのである」(「Introduction to Penguin Edition of "Fireson the Plain"」)

さて、先の「答えは否であり然りである」の「然り」のほうはどうか。ここでは紹介できなかったが、「失われた兵士たち」に無名兵士たちの手記や戦記がまったくないわけではない。そこに「戦闘経過についてのあやまった解釈、きまり文句の表現、判断」といった「多くの不備欠点がみとめられるにもかかわらず、真実性という点では文学者の戦記といささかもひけをとるものではないということを明言しておきたい。真実性とは心情的なという意味である」とある。

一例として、ガダルカナルの攻防から生還した一兵卒の文章(ガ島会発行)を野呂は引いている。「私は三大隊九中隊一小隊四分隊当時、上等兵です舟艇でガ島に上陸間もなく飛行機の爆音、翼の灯を左右にふりながらやって来るので、友軍機かと思い、無事上陸した。よく手をふる闇の中ででもすぐ帰り。又飛んで来る。良く聞くと敵さんだ。(略)やがて飛行場近く夜光虫の青白い光を背負袋へ付け前進。敵陣だ第一第二第三攻撃班前へと中隊長の声、夜襲だ、敵さんの撃つ銃口の火めがけ突撃だ。喰うか喰われるか一つ二つ敵さんの悲鳴。地獄だ鬼だ銃声こんな血生臭い想い出は鈍い感じのす腕まで突いた感じを忘れさせないでも、小隊長代理の古賀軍曹、山浦伍長外数人の戦死者が出る」

句読点あやしく文脈もキチンとたどれないうらみがあるにせよ、記憶のなかの感触に消すに消せないもの――敵の「鈍い感じのす腕まで突いた」「敵さんの悲鳴」「血生臭い想い出」がある。そればかりか軍曹や伍長、同僚の亡骸が横たわっている。

「戦争体験を後世に伝えることができるかという問題がある」と野呂は「おわりに」の一節で記している。「否と私は答えよう。先だって九十四歳でなくなった私の大叔父は日露戦争に従軍した兵士であった。彼における戦争は日露戦争だけであって、太平洋戦争は単なるエピソードにすぎないようであった」

私たちには一回限りの生しか与えられていない。そのため幼少期・青年期に出会った時代と人間から逃れることができないばかりか、それを超えることもできない宿命をもつ。〝時代の子〟たらざるをえないからだ。好むと好まざるとにかかわらず、それはいわば見えない一つの軛にほかならない。だが、そのために、野呂は『失われた兵士たち』を書かずにはいられなかった。なぜか。長い時をかけて蒐集した戦記五百冊を超える書を読んだからではない。己をしてそうさせる〝問い〟を生きていたからである。〝問い〟とは〝なぜ〟であり、それを促す知的好奇心であり、人生を生きてゆく自己に内在する欲望としての〝問い〟でもある。あえていえば野呂のなかの〝過剰なもの〟が〝問い〟を使嗾しているのである。

「あとがき」で、野呂は書いている。

私は小学二年で敗戦を迎えた。私の精神形成はそのままわが国の戦後の荒廃と復興とに並行して行われたと思う。一つの帝国が瓦解し、もう一つの新しい国家が成立するのを私は少年時代に目撃した。時代の奉じる価値がいかにやすやすと捨てられるかも知った。すなわち七歳の子供の心にも、敗戦はこういってよければ深い傷痕をしるしたといえる。

II 父と子

4　桃、二つ

「どうしたんでしょうね」

　わずかな暇をみて女主人が奥へ去り、しばらくしてもどると、二人のまえにおいてあった桃をとりあげて皮をむきはじめた。

（略）

奥で、なにかのっぴきならないことがおこったのかもしれない、と弟は想像した。女主人の細い指が器用にナイフをあやつって、手の中で桃をあたかも一つの毬のようにくるくるところがしながら皮をむくのを彼は見ていた。皮は細い紐になってテーブルの上におちた。

　皮をむかれた桃は、小暗い電燈の照明をやわらかに反射して皿の上にひっそりとのっている。汁液が果肉の表面ににじみ出し、じわじわと微細な光の粒になって皿にしたたった。弟はテーブルから目をそむけた。

　しかし、壁を見ても客の姿を見ても、目にうかぶのは輝くばかりの桃である。淡い蜜色の冷たそうな果実は、目を閉じてさえも鮮やかに彼の視界にひろがる。戦争以来、何年も見たことのない果実であった。

「白桃」の一節である。

先に弟は目の前に出されている桃に手を伸ばそうとしたとき、

「さわるな」

兄が間髪を入れず手をたたいた。お金をもらってからでなくてはダメだ、というわけである。父親から、金と引き換えに米の包みを酒場の主人に渡すようにいいつけられて、ここにやってきた。ところが、しばらくたって、酒場の主人はどさりと風呂敷包みを兄弟たちの前に投げ出して、悪態をつく。

「篩にかけてみたらおどろいたよ。屑米と糠がたっぷり混ぜてあるんだ。いいかね、おやじさんに頼んだのは鮨につかう上等の米だよ、これがつかえるかい。あんまりみくびってもらいたくないもんだ。そうとも、昔は社長のお世話になったさ。だけどご恩返しはしたつもりだ。酒代だってだいぶたまっているが、一度も催促なんかしやしない。要するにわたしのいいたいことはだ、社長ともあろう方がこんなけちなペテンをなさるとは残念なんだ。こう申し上げてくれ。鮨につかえる上米ならいつでもしかるべき値段で引取らせてもらいます、とね」

おっさんよう、いいかげんにしねえか、相手は子供だろ、と聞いていた客の一人が非難ぎみに言う。あんた、噂ではメチールでしこたま儲けたそうじゃねえか。

敗戦後間もなくの焼け跡ヤミ市時代の光景である。

この兄弟の父は長崎で土建業をいとなんでいた。長崎の蛍茶屋（『明日』にも出てくる地名）から諏訪神社までの道路を作った人である。その父は四十歳にして敗戦の年の二月に召集され、戦地には行かず、鹿児島・宮崎の地で物資輸送の護衛にあたった。八月十五日の敗戦を迎える前に、八月九日のナガサキ原爆によって財産の一切を失っていたのだった。物心両面で打ちのめされて、では敗戦後どのように生き延びたのか。多くの人は生きるため食うために、軍の隠匿物資や占領軍の物品を手に入れて横流しをしたりして儲けているやつも少なくない。酒場を始めた男もそんなうちの一人である。ついきのうまでの軍国主義一辺倒の世の中が、敗戦によって一転〝配給された〟民主主義の世の中に変わっても、巧みに変身をとげて生き抜く、したたかな人間が有象無象いた戦後間もなくのドサクサの時代。

しかるに、この父はそうした戦後の風潮に与しえない。不器用にして愚直な人間である。郊外の荒地を開墾して農作物を作る百姓に転身するのである。即座に現金収入が見込めるわけではないから一家の生活は苦しい。おまけに妹が肺炎にかかってペニシリンが要る、そのため何としても目先のお金を都合しなくてはならない。そこで、戦時中父のもとで働いていた男、いまは景気よく羽振りがいい男のもとへ、兄弟をして現金に換えるべく包みを持参させた、というわけである。

さて、しかし、金に換えられなかった包みをかかえて、兄弟はどうしたか。

秋深く、珍しく「白い皿のような」大きい月が空を明るくしている。一九四六年（昭和二十一年）頃の九州・諫早の夜空に上っている月。月の光が昼とはまったく異なる物の影を地上に作り出しているのに弟はひどく感興を覚えて、兄のシャツを引いて共感を得たい。ところが兄の反応がとげとげしいのに弟はあわてる。

——あっ、兄は自分と違うところにいる、と。

弟は九歳。兄は三つ上の十二歳（のちの作家として先輩たる阿部昭と同年）。兄は父の依頼に、つまり現金に換えられなかったことに責任を感じ、そっちのほうに心を痛めているらしい。弟は兄とずっと行動を共にしていたのだったが、ふと兄と自分との距離感を感触する、ピアニシモのように。いや、反対にフォルテシモのような断絶感をさえ、戦中に痛く味わってもいたのである。父の出征時の駅頭でのことで。弟は、実は父に言い含められていることがあった。オレが見送られてゆくとき、いいかね、周囲の人々に先んじて、お父さん万歳、と叫ぶんだ、そうすると皆が万歳と声をそろえるだろう、おまえはその音頭をとる、いいかね、できるだろ、と。けれども、父の訣別のあいさつ後の一瞬の沈黙が、棘のように鋭いものとなって襲ってきて声が出ない。

「お父さん万歳」

出し抜けに兄のほうが声を発した。万歳の歓呼に包まれて、父は微笑している。その目は兄のほうにそそがれていて、弟のほうは見ていない。――戦争に敗けて父が帰ってきても、弟はつとめて父と二人きりになることを避けた。この弟には、父に対しても己のいたらなさや引っ込み思案のせいで、かえって溝を作ってしまったという悔いがある。それは、あるいは弟自身の思い込みか気にしすぎる小心さゆえであるのかもしれない。ともかく、兄とは違う位置や役割を、否応なく意識せずにはいられない自意識がすでに育っている。

作者はそんなふうに、父をめぐる兄と弟との関係構図を描き分けているのである。

月明りの夜。返された包みを抱えて帰る途次。

――いい匂いがする。

金木犀の甘い、いい匂いがする。弟がつぶやいたのだ。

「おまえ、その木を見たのか」

「見ない」

「さがしてみよう」

兄弟は包みを水タンクの陰に隠して、二人別々に匂いのありかを探すことに夢中になる。一瞬の、子どもらしい熱中の仕方だ。きのう妹を運んだ病院へ、あとで花を持っていこうと思い付いたのだ。ただ兄と別れるのはちょっと心細い。飢えた野犬が多く焼け跡をうろついて、人を襲うこともあったから。そうして実際、暗い路地で唸られて逃げ出しもする。行きつ戻りつしながら、包みを置いた場所に戻ってみると、置いたはずの包みがない。どうしよう。

「帰ろう」

こんどは弟のほうが兄を促がす。結局、こうなるよりほかなかったのだ――とは、どういうことか。せっかく出された桃も食べなかった、包みも金に換えられなかった、探した金木犀も見つからない、妹に持っていってあげることもできない、おまけに包みを誰かに盗まれてしまった……何もかも失うことばかり、とは書いてないが、そういうことだ。

「白桃」は原稿用紙にして三十枚ほどの短篇である。この小さな器が、ところが終盤でみごとに弾ける光景を、読者は目にすることになる。帰りの遅い兄弟を心配した母親が現れる。すると、どうしたことか、兄は母にとりすがって泣き始めた。そうして酒場でのてんまつを報告しながら。弟はギョッとする、とは書かれていないが、本文では「弟はなかばあっけにとられ、泣きだしたい感情がみるみる失せていくのをおぼえた」とある。母親を街角に見いだしたとき、弟だって母親に体ごと投げ出して泣きたい衝動にかられていたのに、このときも、兄に出し抜かれたのだった。あの、父の出征の万歳のときのように、だ。このとき、弟のなかで、ある醒めた転換が起こる。いや、弟の目にしている世界に対してはじめて否(ノン)を告げるのである。弟の人生の始まりの序曲のように——。

兄がにわかに顔をあげ母につげるのをきいた。

「女の人が桃を出してくれたけどね、食べなかったよ」

そのとき弟の内部で落胆は怒りに変わった。

——は、と兄は弟の名前をいった。

「手を出して取ろうとしたけれど、ぼくはやめさせたんだ」

「嘘だ、食べたんだ。食べてやったんだ」

弟はさけんだ。

その瞬間、あれほど食べたいと思っていた桃、店を出てからも彼を無念がらせた一個の白桃が、きゅうに彼のきらいな青臭いリンゴに変ったようだった。彼は激しい解放感をおぼえた。それと同時に怒りがますます強く彼の内でふくれあがった。彼は荒れ狂う怒りの発作にかられて足踏みした。

「食べたとも、兄さんの知らないうちに食べてやったんだ。ふん何だ、あんなもの」

兄はけげんそうに弟を見た。

「嘘をつけ」

「食べてやったんだよ」

このいうにいわれぬ快感は嘘をつくこと以外から来るとは思えない。（傍点は引用者）

右に傍点を付した一節に、三度出てくる「怒り」。「怒り」が、弟の兄への反発であることは容易にみてとれるだろう。では、その「内でふくれあがっ」ているものは何なのか。それは兄の言動のなかに、いまの世間や世の中の風潮と同じ匂いを感触したからにちがいない。酒場の主人の、かつては父に世話になって窮状（妻の病）を扶けてもらう恩義を受けていたのに、敗戦後は一転、「社長」「先生」と呼んで取り入るふうを装いながら、内心では軽侮している振る舞い――それと同質のものを、弟は兄のなかにアリアリと見いだしてしまったのではないか。それを俗物性と呼べば呼べる。俗物性とは、本物ではない、まがいもの。本当に見せかけてどことなく嘘っぽく白々しいこと。カメレオンのように時局状況に応じて自分をうまく演出できること。弟は一瞬、兄のなかにそれを見て取った。「怒り」は、その反作用の現れであり、すなわち〝わたしにはできない〟という純粋（ピュア）な魂の反発なのだ。〝ああはなりたくない、なるものか！〟、と。ゆえに、酒場での状況を知らない母親を前にしては、

「食べてやったんだよ」

という嘘が、シッペ返しがいちばん兄を困らせ、母親を混乱させるに有効な仕打ちなのである。

同時に、弟はここで改めて〝父を発見〟し直してもいる。少なくともその端緒を手に入れかけてい

るとはいえるだろう。右の引用につづいて次のような一節があるからである。

「ふと父の姿がうかんだ。わが家の暗い電燈に新聞をかざして父は今も〝マックめの占領政策〟にぶつぶついっているだろうか。

そこまで考えたとき、弟の怒りはしだいにひえびえとしたものに変るのを意識した。店での一部始終は自分がよく知っている。兄よりも詳しく見ていたのだから、弟はそう考えた。なぜかそう確信できた」

弟の精神的な自立の端緒の物語としても読めるばかりか、父の心のありように寄り添える思いさえうかがえる。父の、あの出征の日に万歳といえなかった自分のことなど、初めから憎んでなどいなかった、と考え直す弟なのである。何もかも、眼の前に出された白桃が、弟をしてここまで牽引させたのである。

野呂邦暢三十歳のときの、弟（野呂自身九歳）に托した精神（こころ）の自画像と呼ぶことができるだろう。

＊

冬。真夜中。月が照っている。

子供の自分が、母と桃の実を満載した乳母車を押している。

三十何年も前の幼少の頃の記憶と覚しきものが、いまでも寒い冬の夜ふけなどにふいに甦ることがある。いまに始まったことではない。何度も反芻してほぼ完璧に記憶のスクリーンに固着して変わらぬイメージ。

ところが、ある日、部屋の窓からぼんやり外の景を眺めているうちに、

――あッ！

という声にならない驚きにつかまえられてしまう。改めて考え直してみると、いくつもの疑問を誘発せられずにはいられなくなる。

冬の桃とは一体なにごとか！　冬啼く蛙とは、田螺とは！　なんということだろう？　なぜまた、わたしは、そのことにいまのいままで気がつかなかったのだろう？　それにまた、もっと奇怪なことには、なぜいまこの瞬間に、魔がさすようにして、永の年月自分をたぶらかしてきた記憶のペテンを突きとめる手がかりが摑めたのだろう？

突然のように訪れたいくつもの疑念によって、考え直してみると、確たると信じ込んでいた記憶の土台そのものがにわかに崩れだし、変容してゆく。二つ三つ、どころか五つも六つも、戦前の、あるいは戦中の、いや戦後の記憶の光景までがつむぎ出されてゆく。記憶の検証が始まる――。

阿部昭の短篇「桃」（「文学界」一九七二年七月号、文藝春秋）の導入の一節である。駅前の立ち飲みスタンドで野呂の「白桃」を再読していた折、そうだ、阿部にも「桃」があった！と思い出した。両者とも〝桃〟をめぐっての物語、それも戦中・戦後間もなくの食糧の統制下では、〝桃〟など容易に

手に入らない、したがってある豊かさの象徴になりおおせていたモノにほかならなかった。

「桃の実。とりわけ水蜜桃というのは、全部が甘い汁で出来ているようなものだ。それは傷つきやすく、いたみやすい。そして、――何よりも不気味なくらいずっしりと重たいものである」

　ここではおおまかに記憶の変容のさまをたどってみたい。
　①その晩の光景は、一九四二年（昭和十七年）の夏か冬、道が暗かったのは、灯火管制のせいか。その晩、母と弟のわたしを不機嫌な様子で迎えた兄は、兵学校の受験勉強中、むろん海軍軍人の父は家にいない。
　②その晩の光景は、あるいは戦後の買い出しの折か。闇物資運搬のあやしげな二人連れでもあったか。復員した兄は、その頃はほとんど家を空けていたから、家で待っていたのは父ではなかったか。元軍人の父は留守番くらいしか仕事がなかったから。
　③その晩の光景は、月の光のせいか。月光が差し込む冬の夜ばなしめいた母の娘時代の挿話（エピソード）。遠い親戚に足が悪い一人娘がいた。嫁に行かずに尼寺へやられた。ところがそこで、盗みのあらぬ嫌疑をかけられて、とうとう池に身を投げてしまった。月夜の晩に――。
　④いや、その晩の光景は、やはり一九四二年（昭和十七年）ではなかったか。母は、父の留守に、庭の芝生の一部分を削って、そこに水蜜桃三本と、白桃を一本、植木屋の男に植えてもらったことがある。もう成熟した立ち木だったので、つぎの年にはちゃんと実がなった。青い実にかぶせる袋を、婦人雑誌を何冊もつぶして、夜なべでつくっていた。
　毎年、施肥や剪定にやってきては、母と話し込んでいった同年輩の植木屋。男はこの土地（鵠沼）

の地主のせがれ。桃のことは男に任せっきり、いずれは防空壕も掘ってもらおうかと思っている。便利屋も兼ねている。ある晩、濡れ縁での二人の会話の一端が、「わたし」の耳に入る。

「まあ、女のほうからそんなことをしたりするんですの?……」

むろん房事のことがわかる年齢ではなくとも、「わたし」はその内容のあやうさを感じ取ることができた。いまだからわかる――孤閨を守っている女盛りの母。そしてその頃は、まだ夜は母の寝床に入りたがったこと。

「夢うつつでか、わたしを胸に抱きすくめたり、寝巻からはだけた脚をわたしの脚にからませたりした。その裸の部分は、どこも熱病にかかったように熱かった」

桃の形そのものが、ふっくらと丸く蜜を含んでいるばかりか、真ん中に一筋の線の走っているところが、どうしても成熟した女の裸の形のいい尻を想起させずにはおかない。桃は、そこにあるだけですでにしてエロスの雰囲気を身にまとっている。「桃尻」という言葉はすでに『枕草子』の時代からあったのも、むべなるかなといえるだろう。

⑤エロスといえば、戦争直前の父と母の不和の場面(シーン)が、その断片が記憶に残っている。

「こんな夜中に……」

母が困りはてたようにつぶやくのを、

父は、

「構わん。行け。」

といって、またむこうを向いてしまう。

「でも、今夜はもう遅いですから、明朝まいります。きっとまいります。」

「いや、ならぬ。」

二人の押し問答がつづいた。

それから、とうとう母が泣きだしたようだった。

「堪忍して、あなた！」


べつに大したことではなかったのかもしれない。ただ頑迷な軍人の父は、よくそんなふうに振る舞って、忍従している母を苦しめたことがあった。「堪忍して、あなた！」といって父の膝もとに泣きだす母、どこかしなだれかかる、媚を含んだ悲鳴……。そうした上方育ちの母のまつわりつくような抑揚のせいか、「よけい場違いなほどエロチックに父の耳にもひびいたにちがいない」。「父が、この母の性的な奇襲にも折れようともしなかったのは、きっと子供のわたしが見ている前だったからだ」

——その晩こそ、あの冬の寒い晩ではなかったのか。

こんなふうに記憶の中身を整合的に検証しようとすればするほど、どこかにほころびが生まれてくるのを否定できない。冬と真夜中は動かないけれど、そのあとの、月の照っているのも、冬の桃も、乳母車も、なにがし台をそろそろと下ってくるのも、怪しくなる。時と場所と状況の、とくに状況空間がどんどん崩れ、解体していってしまう。あたかも己のなかにいつとなく棲み着いた記憶のペテン師が、獅子身中の虫によって蚕食されてゆくがごとくに。大げさにいうなら、あのシュールレアリズム画家のルネ・マグリットやポール・デルボーの絵にも似た光景に変貌してゆくのである。

それはまるで、少年のわたしが、ずっと年下の幼児のわたし自身を、乳母車に乗せて押しているような、不可解な光景だ。

この末尾の一節が、いかにもシュール性をおびているからである。

戦後間もなくといえば、「リンゴの唄」が一世を風靡したが、ここでは「白桃」「桃」が準主役を担っているのである。おあつらえ向きにといおうか、「白桃の食べ方」と題するコラム（「大波小波」「東京新聞」夕刊）に出会った。「二〇一五・八・二十七」の日付が入っている。全文（五百十六字）を、以下引用する。

> 目玉焼を食べるには二つの作法がある。好きな黄身を最初に食べるか、最後まで愉(たの)しみにとり分けておき、食べ終わる瞬間に「エイヤッ！」と口に運んでしまうかだ。野上彌生子は典型的な後者であった。彼女は長い間、自分の女学生時代を描こうとしなかった。八十二歳になって突然、長編小説『森』の執筆を宣言し、もっとも生気に満ちていた十五歳の時のことを、延々と書き始めた。一番幸福であった時代を、最後まで残しておいたのである。
>
> 〈ただ一つ残して置いた白桃(しろもも)をいま食べ終わったみたいな気分〉
>
> 岡井隆の最新歌集『暮れてゆくバッハ』（書肆侃侃房）のなかの一首である。岡井もまた野上に

似て、美味しいものを最後までとり分けておくタイプだったのだ。しかしその美味しいものとは何か。宮中歌会始めの選者を勤めあげ、過去の女性問題の『告白』も無事に終えた八十七歳の歌人にとって、「白桃」が何であったかが気になる。

森鷗外は晩年に無名の人物を主人公に史伝へと向かった。もし岡井にこれから向かうべき途があるとすれば、それは無名性の階梯をゆっくりと降りていくことだろう。そのとき彼の影は、近代文学における鷗外の影に似て、謎めいた重みを獲得するはずだ。（猿）

戦前来の名物匿名コラムだが、この「（猿）」氏は誰だろうか。かつて花田清輝が、近年では丸谷才一が、ある時期批評の礫を放っていた。今日でも、その題材の取り上げ方からして、小林信彦か三浦雅士か川本三郎あたりを想定しているのだが。それはともかく、右のたった五百十六文字のなかに、岡井の歌を中軸に据えて二人のワキを呼び出して全体を演出する芸は見事である。このコラムそのものが、水蜜をたっぷり含んだ桃の味わいである。

岡井隆の「白桃」、阿部昭の「桃」、そして野呂邦暢の「白桃」。リンゴならぬ〝桃〟も、戦争を経てきた世代の一つの象徴たりうることは紛れもない。歌人岡井隆八十七歳は一九二九年（昭和四年）生まれ、健在。阿部昭は一九三四年（昭和九年）生まれ、生きていれば八十二歳。そして野呂邦暢は一九三七年（昭和十二年）生まれ、生きていれば七十九歳。生きていれば——というのは詮ないことだ。死者は年を取らない。しかし、作品は生きて、ひとを動かす。

故人老いず生者老いゆく恨みかな（菊池寛）

＊「白桃」は、一九六七年（昭和四十二年）一月、「壁の絵」につづいて七月、二回目、第五十七回芥川賞候補となった。

＊「白桃」は、二〇〇三年一月実施の大学入試センター試験の第二問（小説）に作品の半ばの部分が問題文として出題された。

5　父と子——「海辺の広い庭」

ひとがこの世に生まれ落ちるとき、選べないものが三つある。

一つは、生まれてくる時代を選べない。

二つは、血、父と母を選べない。

そして三つは、土地、風土を選べない。

When と Who と Where の、三つのWによってひとの生の根っこ、見えない岩盤が、すでにして設えられているのだ、ということ。もとより、それはアタリマエのこととされているから、疑義を挟む余地がないことのように思われている。

が、はたしてそうか。私には、一見アタリマエのそのことが不思議で、謎に見えて仕方がない。謎ついでにいえば、マーク・トウェインの次のアフォリズムはどうか。

人はなぜ子が生まれると喜び、
人が死ぬと悲しむのか？
それは本人ではないからだ。

マーク・トウェインも、アタリマエのことになぜと謎を抱懐していたにちがいない。

この解説が必要だろうか。あえていうなら、出生も無明（むみょう）なら、死もまた無明だからだ、というしかない。I was born. 私たちは意思してこの世に登場してきたわけではない。男と女の、父と母の性交（まぐわい）によって分娩された一子にほかならない。誕生の記憶もなければ、ひいては生の果ての末期の記憶もない。他者の死は見えるが、自分の死は見えない。稀に、西行のように、露伴のように己の死を観照しうるひともいないではないが。

とすると、この世に与えられた己が生は、すでにしてその時点で、生まれてきた時代によって、血によって、さらに土地・風土によってあらかじめ決定されているのだ、としかいいようがない。にもかかわらず、一個の「私」の存在自体は、取り換えのきかぬ唯一＝絶対の存在である――とは、ごく近代的な発想形態ではある。封建社会、身分制度のもとでは「私」など吹けば飛ぶような風塵そのものだったろう。戦争を行使する国家の全体主義のもとでも、それは同じだった。

しかるに、敗戦後、〝配給された自由〟のもとで、以来〝個〟の存在価値は飛躍的に高くかつ重くなった（ように見える）。そして、明治来の知識人（インテリ）の近代的自我の問題も、より庶民化したかたちで表現者たちのなかに居座っているのである。一口にいうなら、「私」とは何か、という問いそのものにほかならない。

――以上はもとより野呂邦暢の文学全体を捉えようとするとき、右に述べた三つの条件あるいは命題抜きにはありえぬと考えるからである。それをイメージ図として、自他ともに〝見える〟ように

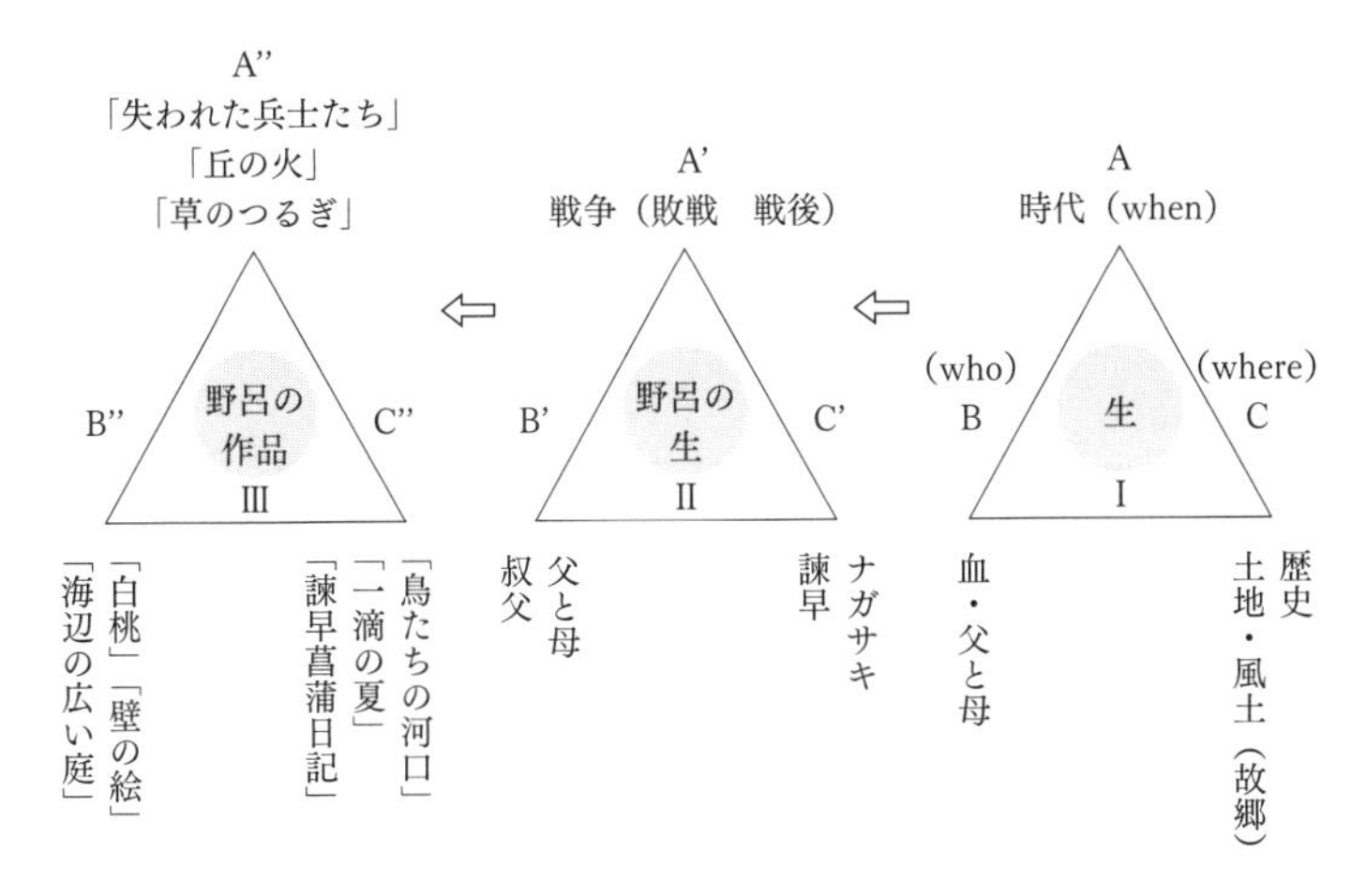

したい。すなわち可視化したい欲望がいつもはたらくのである。

ゆえに、上のようなイメージの図示化を提示したい。

B’’「こうしてみると君はおやじさんの若い頃とそっくりだ」

「父を知ってた人からよくそう言われます」

「おやじさんに似てると言われるのは厭かね」

「仕方がありません」

「仕方がありません、か」

専務は彼の口調をまねた。屈辱を彼は覚えた。

（「日常」。傍点は引用者）

B’’「こうして見ると、あんた達そっくりだねえ」

海東は赤面した。隣の老人〔父と同病室の‥引用者注〕は感じ入った表情でつづける。

「きょう見えた上の息子さんよりもあんたの方がおやじさんに似だね」

海東は暇をもてあましているらしい隣の老人が不意に憎くなった。

（「海辺の広い庭」。傍点は引用者）

親子肉親間では、むしろ違いのほうが意識されるものなのに、他者からは「そっくりだ」と言われると、かえってムッとして快くない感情が一瞬走るものだ。同じことは、自己意識に潜む乖離性（アンビバレント）ともかかわるものである。たとえば、自分の写真をみると、これが本当に自分なのかと疑いたくなるほどに、写されたい自分との隔たり（ズレ）を覚えずにはいられない。かつてテレビに出たときの風貌はともかく、とりわけマイクを介した自分の声の質が、自分で口にし発声し耳にしている声とまるで違うのにも驚いたことがある。写真や映像という機器を通して見る自己像でさえそうなのだから、他者による自己像へのそれも同断といえるだろう。思われたい自己と他者のこちらに抱いている像との隔たりと。ゆえに、Aのなかの「屈辱」も、Bのなかの「憎く」も、反応としては当然だろう。

ことは血を分けた親子肉親間のこと、そこには見てくれの「そっくり」とは裏腹に、内心にかかえるものの違和や落差や断絶さえも、すなわち生まれて生きてきた時代による決定的な〝違い〟をも意識せずにはいられない。「そっくり」と言われれば言われるほど、そうではあるまいか。生まれてきた時代を選べないとは、裏を返せばついに〝時代の子〟たらざるをえないということだから。実際、子が親を正確に理解することも、親が子を理解することもおよそ不可能事なのだと言わざるをえない。では、どうしたらいいのか。子のほうから親に向かって橋を架けるしかないのである。アーチ状や吊り橋状のものではない。忍者が駆使するクサリガマのごとき一本の縄の必要のことである。いうならば、散文の橋である。野呂にとって〝父と子〟という主題（テーマ）について「書く」とは、そういう意味を担っていたはずだ。

「白桃」でそれがほの見え、B”「日常」（「文学界」一九七一年十月号、文藝春秋）や、B”「海辺の広い庭」でいっそう露わになる一節である。他者の目に、野呂親子が「そっくり」と見られていること、それがB”の二つの作品のなかで、状況は異なるものの、繰り返されているところに、野呂の父に対する子の側の拘泥（こだわり）を見いださずにはおれない。

「日常」は、己が父の過去を、とはすなわち戦前の父のありようを父につながる人々を尋ねて歩く青年の拘泥が、とくに前半で描かれる。父はちっとも昔のことを語ろうとしないからである。外では人当たりよく饒舌な人と異口同音にいわれる。ところが家では、貝のように無口、新聞を読んでいるばかり。えてしてみなそうである。外面（そとづら）のいい人ほど内面（うちづら）のよくないのは、私とて同じだ。

「おやじさんが君の年頃には会社の一半をまかされて采配をふるっていたものだ」

　現専務なる人物は、またこうも応じる。

「君が先日たずねて来て、昔わしがおやじさんと同じ銀行で働いていたころのことを聞きたいと言った。わしは簡単に引受けたが、今迄、君の調べた事実に新しい、その何というか、新しい照明をあてるような、そういう事は何も教えられないよ、ただ、その頃の事情を知ってるのはあらかた死んだか遠くへ行ってしまったかだから、わしがそこいらの噂だけしか知らん部外者より比較的まあ適任者だからというだけのことで」

――「四十年以上も過去の、それもすっかり片づいた事件」とか、「昭和の初期、この町に市制がしかれる以前の出来事」とか、「君はおやじさんの名誉回復をしたいのか」とか、「おやじさんは社会的責任をとった」とか、いかにもいわくありげな言葉が出てくるのだが、のちにそれが明かされることはない。父の過去はいわば宙吊りにされたまま、なのである。

専務が急遽東京への出張になったため、父の話はお預けになる。無職の彼は当面しなければならない急ぎの仕事なぞない、モラトリアムの状態。こういう主人公を扱った作品に「十一月」(「文學界」一九六八年十二月号、文藝春秋)や「鳥たちの河口」といった佳品がある。共通しているのが、「街あるきは彼の日課だった」というあり方だ。

視ること、それはもうなにかなのだ。自分の魂の一部分、あるいは全部がそれに乗り移ることなのだ。

梶井基次郎の「ある心の風景」の一節を、ここで改めて思い出す。野呂邦暢もまた、梶井の「魂」を引き継いでいる。「視る」人間であり、それは溢れるほどの〝想起〟を促す因子にほかならないからだ。

(自分はいつかこの街の地図を書くことになるだろう)

鮮紅色の鋏をふりたてて行手の道を横切る蟹のことも書こう、と思った。書いておけば地図さえ見ればその中で、あの路地この裏道と探検した日々へたやすく戻ることができる。彼が生まれた都市は爆撃で消滅してこの地上に存在しない。疎開して来た家は十二年前の洪水で町ぐるみ流失した。

あそこは第二の故郷として懐かしむに価する町だ、と彼は思う。城下町の家内製造業者ばかりが住んだ川辺である。車大工が傘、提灯屋と軒を並べていた。近所の遊び仲間は石工の倅や桶屋の娘である。仕事はおおむね道路に面して開放してあり、その作業ぶりを通りすがりに見ることができた。いわば町全体が一つの作業場とも言える雰囲気が漂っていた。彼は和傘に塗る柿渋と、染物屋の染桶の匂いをかいで成長した。

ある夏の豪雨がこの町をそっくり海へ押し流した。都会から帰郷した彼が見たものは、都市計画によって味気なく変貌した新しい町であった。大工の槌や石工の鑿で賑やかだった昔の町はどこにもなかった。歳月は記憶をあいまいにする。

彼がその前で終日、見守って飽かなかった車大工屋はどのあたりだったか、仏具屋は染物屋と同じ棟の長屋にいたのかどうか、もはや自信がない。（略）

人は自分を育ててくれた土地に敬虔でありすぎることはない。幼年時代の町と友なしで現在を豊かに生きることができるだろうか。幼い頃の漠とした薄闇の中に何かしらいいものがあり、そこから人は生きる力を汲みとるのではないだろうか、と彼は考える。

街あるきは彼の日課だった。

六月の暗い午後のことだったが、雨も彼の習慣を変えることにはならなかった。町角で幌をかけたトラックがUターンするとき、ややかしいだ幌の天井からたまり水が音をたてて流れおちた。

日頃ありふれた出来事に目をとめていて、あとでふりかえってその印象を検分し、感動を吟味する、いつのまにかそういう癖が彼の身についていた。

このように「日常」の後半では、生まれ育ったナガサキとこの土地・諫早の近過去と現在の街の嘱目の光景を描き出している。のちの「一滴の夏」(「文学界」一九七五年十二月号、文藝春秋)につながる、この土地・風土への目(ヴィジョン)の光線のうかがわれるところである。

*

ところで、「日常」でせり上ってきたかつての父を探す息子という主題は、まもなく「海辺の広い庭」という中篇(約二百二十枚)作品で、より発展と進化をみせて出現する。

いわゆる〝父と子〟の関係主題というのは、一般には〝父と娘(こ)〟のそれとして捉えられることが多い。先の章でもふれたように、幸田露伴と文、向田敏雄と邦子、近年で見やすいのは阿川弘之と娘佐和子といった父性が娘に顕現する、というのが大げさなら、〝父なるもの〟が娘によって見いだされるの典型を示しているだろう。実際に娘は父親に似る、その風貌も質(たち)もの一切が。この裏番が、〝母と息子〟の熱いかかわりである。息子による母、〝母なるもの〟の発見へと発展してゆく構造と構図は、見やすい例でいうなら、谷崎潤一郎と母、遠藤周作と母、安岡章太郎と母、そして先年『三浦哲郎、内なる楕円』(青弓社、二〇一一年)でふれたようにおふくろの存在感の重さなど、いくつもの母と息子の組み合わせの妙は、いわずと知れたことだろう。こんなふうに親と子の関係構図というのは、父と娘、母と息子というように逆クロスする形で（一般的にも）現れることを近現代の文学作品が如実に示してもいるだろう。

しかるに、ここに、それが阿部昭や野呂邦暢では、息子が父親を書く文学作品として出現していること、これはかつて他に類例を見いだしがたい光景なのだ、ということを提示しておきたい。

そうして、ではなぜ、息子が父親を描くという文学が生まれたのか。というなら、先の戦争が、敗戦が、それを〝分娩〟したのだというべきである。ただここで指摘しておきたいのは、一九六〇年代末から七〇年いっぱいで露わになったこと――現に戦場に赴いてからくも生還しえた、かつての陸海軍軍人が六十代、七十代を迎えてバタバタと死んでゆく時代だった、ということである。戦後二十五年から三十年すぎにかけてのことである。同時に、父たちの死をみとる息子・娘の世代が三十代から四十代に達していた。日本全国あらゆる場所で起きていただろうこと。つまり戦中派世代の死が陸続とかつ粛々と生じていたことである。

ここでいう〝父と子〟の主題とは、かかって子の側から父なる向こう側へ橋を架ける志の営為なのである。こちらから架橋しなければ見えてこないものがあるからである。なぜなら向こうは決して多くを語らない、ひとによっては失語のままであるからだ。ヒロシマ、ナガサキもしかり。なるほど戦争の悲惨を語り継いで次世代に伝えること、そうした語り部の必要を私も否定はしない。前述の『父と暮せば』で井上ひさしが問うていたのも、そのことだ。幽霊（優霊）と化した父が、あそこではよくしゃべっていたが、死者がモノ言うとしたらという仮構の基軸がデンとしてある。生きていて申し訳ないなどと、どうか思わないでくれ、死者たちの分まで精いっぱい生きてほしい、もっというなら死者たちによって生かされているのだと思ってくれ——そんなメッセージを含んでいた。

しかし、海軍軍人の端くれだった私の父は決して多くを語らなかった。伯父（松本戦後）は沈黙を通した。阿部昭の父も、いいとき、面白かったことだけは口にしたが、無言だった。野呂邦暢の父も、昔のこと、戦争と敗戦のことは多くを語らない人だった。そういってよければ、戦争に駆り出された多くの人々は、沈黙か失語のまま生涯を終えていたのである。それでもなお、言葉にして己が狭い体験ではあってもできるだけ正確に伝え残したい人たちはいた——野呂があまたの戦記を蒐集して読み耽ったのは単なる知的好奇心レベルのものではなかった。その人たちににじり寄って見えないものを見えるようにしたいという過剰なまでの欲望が、それを内側から突き上げていたからである。いうならば『失われた兵士たち』は、野呂なりの父の世代への架橋の試みでもあるのだった。

息子が父親を描く——この主題は、これまでの近現代文学にはありえなかった現象なのだ、というのは大げさだろうか。一九六〇年代末から七〇年代に戦中派の軍人がバタバタと死んでいった。阿部昭のおやじもその世代の一人だった。そのおやじの死を見据え、晩年の姿を苦いユーモアをたたえて描き出したのが、「司令の休暇」だった。考えてみると、あれから四十年以上もたって、あの傑作もやはり時代が生んだ作品なのだということがわかってくる。一九七〇年（昭和四十五年）の「新潮」十二月号（新潮社）に一挙掲載された長篇（二百八十枚）である。いうまでもなく十二月号は実際は十一月七日に発売されている。私が二十（はたち）になろうとしていた年、「新潮」を購入して一気に読んだ覚えがある（ところがその十一月の二十五日に、唐突にあの三島事件が起きているのである）。

おやじの死までを描く息子は、さて長男ではなく、男三兄弟の末っ子（三男）だった、というところに注目したい。野呂の場合は七人きょうだいの次男だった。長男ではないところに、己が父を見るある立ち位置があると思う。長男には見えないものが、次男や三男にはある。次男や三男だからこそ、父という肉親に対する距離がはかられ、対象化が可能なのではなかったか。

一世代（ワンジェネレーション）が三十年を意味するのは、長い歴史のうちに人間五十年が平均年齢の寿命と目されていたものさしの現れなのだろう。一つの時代も三十年を経てみなければ見えないものがある。世代交代の境目というものがあるとしたら、一九七〇年代がまさしく戦後というものの時代の遠近法（パースペクティブ）がはかられる年代に相応していたのだといえるだろう。それは時代の精神史の側面と、個人肉親間のなかにも明らかにはたらくものとして。

阿部昭の『言葉ありき』（河出書房新社、一九八〇年）の長篇散文（エッセー）は、いま読んでも少しも古びていないが、なかでも「訣別」の章は痛烈なイロニーと苦いユーモアをたたえた時代批評の礫を放っていて読み応えがある。そのおしまいのところで、次のような本音の一端がポロリとこぼれている。十二年前の八月半ばに、藤沢の火葬所で父の遺体を焼いたときのことを想起して――。

> しかし、父親の死こそは、息子への最大の贈り物だ。父が死んで、私は初めて父を書く自由を手に入れた。すなわち、父を書くことで、自分というものを書く勇気をも得たのだ。
>
> むごたらしいことだが、これは真理であろう。そもそも書くということが人非人の仕事であることは、それ以上に真理であろうが。

さよならだ、と私は自分に言った。哀傷にも憐愍にもまぎれることのない不思議な歓喜をもって。

さて、ここで、阿部昭の〝父もの〟と野呂邦暢のそれとの対照あるいは照応関係をみておく必要を感じている。

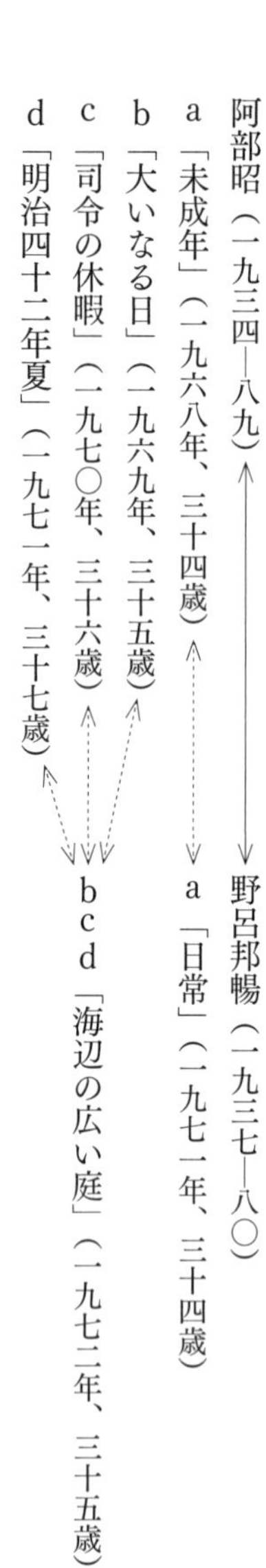

右のようなメモを作ってみて、改めて気づかせられることがいくつもあるので、少し整理してみよう。

①野呂にとって阿部昭は三つ上の先輩作家である。自身の長兄が同じく三つ上だから（「白桃」でそれとわかる）、阿部を兄貴格として見る、見たい思いは少なからずあっただろう。

②a「未成年」（「新潮」一九六八年七月号、新潮社）の三年後、同じく三十四歳のときに、「日常」が書かれていること。またb「大いなる日」（「季刊芸術」第八号、季刊芸術出版、一九六九年）の三年

後、同じく三十五歳のときに、「海辺の広い庭」が書かれていること。いや、阿部のｃｄという〝父もの〟の作品展開と達成を視野に入れてのうえで、か。阿部の初期作品「再会」や「失墜」といった、年譜にもふれられていない作品（のち『阿部昭集』〔第一巻、岩波書店、一九九一年〕に収録）まで、阿部の作品はもれなく読んでいたほどの野呂なのである。

③いうならば先行する文学上の兄貴に一つの範（モデル）を仰ぎ、かつ学び——とは、己が父を書くとは何かという問を共有していたこと。さて、では、オレの場合はどうか、オレにできることは何か、そういう反問を身に引き受けなければならなかっただろう。その応答が、「海辺の広い庭」にほかならない。

④そしてもう一つ、ここが要なのだが、阿部昭の一連の作品の背景が、すべて〝夏〟であることだ。父の死（一九六七年八月十二日、七十五歳）も夏だった。野呂の父の死（一九七七年九月、七十二歳）も夏の終わりだった。「海辺の広い庭」も長崎の夏の光のなかにある。何より日本の敗戦が八月十五日の夏であった。

そう言えば、野呂邦暢も「僕には夏というものはただちに敗戦と結びつき、それはまた海と多くの死者と少年時代の屈辱を想起するものであります」と手紙に書いてきたことがある。もちろん、私も同感である。

してみると、八月十五日という文字どおり夏の真っ只中に敗戦記念日を持ち、広島長崎の惨禍の記憶をもつわれわれ中年以上の日本人が、来る夏ごとに過去の同胞の莫大な犠牲に思いを致す習性も、マスコミの年中行事という悪評とは関係がない。この季節には、誰しも否応なしに、そこに無限に見える空や、高くそびえる雲や、象徴的な落日を見出して、死について思い耽らざるを得なくなるからだということになりそうである。

これ以上はないという具合に、まことに正確に、皮肉に、かつ残酷に、歴史は八月十五日という日を選んだものと見える。

(「午睡のあとに」、前掲『十二の風景』)


さて、肝心の「海辺の広い庭」についてふれておかなければならない。すでにふれたようにここにも八月の夏の光の氾濫を見いだすことができる。ウィリアム・フォークナーのアメリカ南部の青年を描いた『八月の光』も、野呂の頭のなかには棲んでいただろう。

――これを映画にしてみたらどうか。

再読の折に、そういう思いを抱いたのは、しばらく前に佐藤泰志原作の『そこのみにて光輝く』(監督：呉美保、二〇一三年)を観ていたからだろう。近年突出した魅力を発散している綾野剛が演ると面白いと思う。美男の妻夫木聡では合わない。『そこのみにて光輝く』での、内心に鬱勃としたヤリ場のないものをかかえて生きている青年を、くしゃくしゃした髪のせいで表情がよく読み取れない男の、風体や言動にもどこか捨て鉢なところの青年を、かれは己そのもののごとく体現していたところに、こいつはイケテる役者だと思ったものだ。「海辺の広い庭」では、人と人がぶつかり合う暴力的シーンはないものの、主人公は東京ならぬ九州・長崎、地方都市の広告代理店のヤリ手営業マン

（海東光男）である。ホテルの支配人や新規レストランの店長などとの駆け引きもうまく、裏工作だってぬかりなくやれる人物である。

　そいつが、真夏の光あふれる長崎の坂の多い町を歩く。先だっての軽い交通事故で足を痛めている身である。ふと旧ロシア領事館の廃屋をみとめて忍び込む。忍び込むといえば、前から付き合いがある女の、昼にはいないアパートにもぐり込みもする。勝手に冷蔵庫から缶ビールを取り出して飲みながら、しげしげ狭い部屋を眺め渡せば、ふと肩ほどの簞笥の上に、額縁に入った女の一家の親子の写真に目がゆく。戦前の、ナガサキ原爆にあう前の一族の写真。

　考えてみると、『そこのみにて光輝く』は、北海道の函館が舞台、一方、「海辺の広い庭」は南の果ての九州・長崎である。最北と最南、ともに起伏が多い山峡の土地、高低あり、海を抱いた港をかかえている。

　営業という名目で半ばフリーに時間を使ってN市を徘徊する途中で、またふと木造洋館のさびれた時計塔に出会う。

　――おや？

　と思う。かつて見ている。見たことがある。幼い頃の遠い記憶のなかにある光景と重なるものがある。

　かれが子供のとき、父が上海へ旅行した。父を見送りに港へ行った。母といっしょだった。船客デッキから手をふる父の姿は憶えている。記憶の絵ではパナマ帽に白麻の背広を着た父が、隣

> の同僚と何か話している。いつになったら自分の方を見てくれるのか、四歳の海東はしきりに気をもむ。
>
> 父と見送り人たちの間に五色の紙テープがわたされて、父はあいた方の手をふったり、その手を口にあてて岸壁の見送り人たちに何やら叫んだりした。昭和十五、六年頃テープを投げかわす習慣があったものかどうか、彼はしらないが記憶ではそうなった。かれはくるくると尾をひいて紙テープをつかもうと手をさしのべる。だれかが後ろでそれをつかむ。からっぽの手をあげて、かれもテープをつかんだふりをする。
>
> 上海航路の定期連絡船は七千トンくらいのはずだった。それほど大きい船ではないのに子供のかれには見あげるばかりの巨船で、甲板は高くそびえて見えた。波止場の光景の次に来るのは母に手をひかれてこの木造洋館の前を通りかかったときのことである。
>
> (ここでおとなしく待ってるんですよ。おかあさんはすぐに戻りますからね)
>
> と母はいい、郵便局裏手の小さな家へ消えた。海東は煉瓦塀によりかかって母が現れるのを待った。どのくらいそうしていたものか、教会の屋根が青銅でふかれ、鮮やかな緑青をふいているのも見たと思う。木造洋館の時計塔は、そのころから針を失っていたようだ。(傍点は引用者)

傍点を付したように、いまの彼の記憶の遠景のなかでも、父を見送る場面(シーン)(「白桃」のそれにも重なる)で、「いつになったら自分の方を見てくれるのか」「しきりに気をもむ」のである。ばかりか、父の方から投げられた紙テープをつかもうとしてつかまえられずに、「からっぽの手をあげて」「つかんだふりをする」しかない。父がこっちを認めてほしい、父のテープをたしかに握りたいのに、うまくゆかない。父とうまくつながれないズレの感覚や距離感が、すでにしてここにほの見えている、といっていい。言い換えれば〝父をさがす子〟という主題の伏線の一つが、四歳のときに見た木造洋館の時計塔の再発見を機に、過去が召喚されている場面なのである。再発見といえば、戦災で焼けなかった「一冊のアルバム」を父は保存していた。父の筆跡で「上海事変戦蹟紀行」とあった。戦前のアルバムを見いだして、海東主人公は時のたつのを忘れるほど見入る。

以下、〝父をさがす子〟の中核部分と思われるところを引用する。なるべく簡潔に略せるところを見いだして肝心な箇所を、と思って何度も読み返してみたのだが、どこ一つをとっても略せないと判断し、長くなるが引用する。

上海に旅行したのは父の勤める会社がN市において発注された軍関係の土木工事をしばしば落札するようになり、資材購入に敏腕をふるった父に賞与の一つとしてゆるしたのだと後年、母からきいたことであった。旅行した年代から計算すると、父は三十代の終りか四十代はじめである。写真の父は若かった。仕立てのよい背広をむぞうさに着こなし、細い金縁の眼鏡をかけて自信満々といった表情でトーチカを背に胸をそらしている。

まるで難攻不落の堅陣を自分一人の力で攻略して、たった今一番のりをしたところだ、とでもいいたげな、得意満面の構えである。この頃がいってみれば父の全盛期であった。父にとって運命の星はこのときもっとも明るく輝いていたわけだ。戦後、独立して土木建築工事会社を経営するつもりで財産のすべてを投じて買いだめた鉄材、木材、セメント、各種工具類は二階建て倉庫二棟分あった。

それらは一発の爆弾であっけなく灰になってしまった。家族が生きながらえただけでもひろいものであったが、軍隊から帰った父ははた目にもがっかりした。敗戦後のどさくさにつけこんであくどく儲けようというこんたんではなかったと思う。土建屋の直感から、このいくさによって街々が荒廃することを予想はしたものの、日本の敗戦にまで思い及ばなかったのは迂闊だった。

父の背骨を打ちくだいたのは何だろう、と海東は思う。財産をふいにしたのは程度の差こそあれ日本人の大部分である。中年男のあらかたはそこでしぶとく立ちあがり、無一文から産をなした。父は四十代のなかばでまだ充分、気力も体力もおとろえていない年齢のはずである。にもかかわらず、父は復員して二年間、疎開先の家、妻の実家に座りこんだまま、新聞を読むほかは二反にみたぬ畑を耕作するだけであった。

旧知の会社からいくつか誘いがあったけれども腰を上げなかった。父の顔が生色をおびるのは新聞を読んでマッカーサーの占領政策についての悪口をいうときくらいのものだ。敗戦はつまり父の内部で何か決定的なものをこわしたのだと海東は思う。父のなかに通っていた一本の見えないバネのごときものを折ってしまったのだ。

この戦争はおそらく帝国の存亡を賭した戦いであったにとどまらず、明治三十七年生まれの一日本人の戦いでもあったわけだ。父も一人の忠勇な臣民として陸軍上等兵という役割以上に自分の戦いを戦って敗れたことになる。そうではなくて、たんに国家の争闘に狩り出されたでくの坊にすぎなかったのならば、敗戦によって精神的に再起不能になるほどのいたでをうけるいわれはない。

ありがたいことだ、おやじは奴隷として戦場に引きずりだされたのではなく、人間として自己の信条の命じるままに義務を果そうとしたのだ。父に倉庫二棟分の財産を与えた戦争が、同じ手でそれを取り上げただけの話だ。さしひきゼロという計算で帳尻はちゃんと合う。〝上海事変戦蹟紀行〟アルバムをめくりつつ海東は写真の中の父にこのような感想を語りかけた。父はまだ生きているのに、この写真集はあたかも父の形見であり、かれはその遺品を整理している息子になったような気がした。

「父はまだ生きているのに」「その遺品を整理している息子になったような気がした」――ここに、「父」である以上に一個の人間の存在のありようを対象化しようとしている作家の目と意思がはたらいているだろう。幼年期の記憶の遠景にあった「父の全盛期」に対して、それらが「一発の爆弾であっけなく灰になってしまった」戦後のありさまを、戦後世代といっていいこれを記述している三十四歳の作者の、父とその生きてきた時代への遠近法（パースペクティブ）が提示されている図といっていいだろう。

その父が、いま病を得て病院生活が長い。ふしぎなことに妻たる海東の母の存在がまるでないのはなぜか。考えてみると、これは奇妙である。私小説的な他の作品を思い返しても、野呂は母を一切といってもいいほど捨象している。これはなぜなのか、わからない。そのぶん、いや、そのため次男たる息子（海東）が、父親の晩年の一切を（その病院代の経済も）面倒みているのが、「海辺の広い庭」なのである。

　折しも、ここに父の旧友（西村さん）たる他者の出現によって、別の光が当てられる機会がおとずれる。おあつらえむきに、父の好きな葉桜の季節に――海東も葉桜が好き、親しんでいた伯父からグリーンチェリーというんだと教えられた記憶がある――、生き残っている連中を集めて同窓会を企図して、息子たる海東を探し当ててたずねてくる。このときも、

「あんた海東君の若いころとそっくりだねぇ」

と言われる。これで三回目になる。おやじさんの病院まで同道してもらえんかと頼まれ、西村老人の車で行くことになるのだが、車中でも、海東に目をやって、

「あんた、似とるのう」

　とつぶやく。

　これほどまでに「そっくりだ」「似とる」と言われる息子の心中やいかに、と思わざるをえない。先の一節B"では「屈辱」と思いなし、隣人に「憎しみ」を抱いたりの反発こそあれ、どだい素直な受容や共感なんぞありはしないのだ。こうした次男の側の反応とひとしく父の側にも同質のものが潜在していたように感じられてならない。「面とむかって海東と話すときは、きまって目をとじるかあらぬ方を見ている」からである。以前に兄弟で父を見舞った折も、父は「喜色満面という顔つきで兄の両手を握り幾度も幾度も打ちふった。兄は笑いながら父の背をかるくたたいた。海東は兄に嫉妬した」（傍点は引用者）。あの「白桃」での父の出征時の場面と重なるものが、ここにもある。

　そうだ、幸田露伴の利発な長女（若くして死ぬ）が、たとえば庭にある樹木のいく種もの葉っぱを

見ただけですぐさま何の木かを言い当てる話があった。それに比べて次女の文は姉には叶わぬゆえの嫉妬を覚えた——そんな挿話があったことを思い出す。自分は父に愛されざるの子なのだ、と僻み根性をもって育ったのだ、と。しかるに、その文が離婚をして出戻り娘となり、結果として父の晩年の世話をし、その死をみとることになった。海東の父も、長男にはわだかまりなくストレートに感情表出をするのに、次男には決してそういう態度は見せない。「そっくり」で「似とる」ことは、父も十分わきまえているゆえの近親憎悪にも似た、やや距離をおいた対し方をしている。

「息子が父にむき直ると父はさっと目をとじた」。反対に、「息子が父の顔から目をそらすとはじめてうす目をあけてじっとかれを見つめる」——こうした父の、子との視線の衝突を避ける意識のわだかまりは何なのか。言うまでもあるまい、父は明らかに次男（海東）のなかに己自身を投影せずにはおれぬものをかかえもっていたからではなかったか。容易に言葉にしえぬ肉親ゆえの屈折した情愛だけではない。そういう父を、いちばんそばにいて父の病院生活の金銭面はもとより生活の面倒の一切を見てくれているのである。「海東は父と膝をまじえて語ったことがない。向い合っているとしだいに顔が赤くなる。父もかれに対して口をきかない。それも『ああ』とか『いや』という程度の短い唸り声だ」。

そういう父の知れざる若き頃の一面を伝えてくれているのが、同級の西村老人の不意の訪問とその問わず語りなのである。この「海辺の広い庭」の核心的部分にほかならない。

些末なことを、ここで言い添えておきたい。

この作品は原稿用紙にして約二百二十数枚の中篇である。野呂の中短篇のほとんどの作品に章割りの番号（ナンバー）が一切ない。場面の転換は一行か二行の空きだけである。これはなぜか。——私の理解は、野呂流の映画的手法、いうならば小さな、いくつものディテールの展開であること、言い換えれば人生はコラージュなのだ——そういう思想を生きているように思うのだ。フラグメントの集積器、ともいえる。だから番号振りや章割りを一切しない、たぶんしたくないのだと思う。人生はまたナンバリングではないからだ。いわば映画のカット割りによく似ている。人物のクローズアップ、細部（ディテール）の丁寧な描写、カメラを引いてのロングショットなど、場面の変化と展開の妙技で。むろん映画にも脚本があり、緻密なまでにナンバリングされたカットの集積によって組み立てられているわけだが、ここで言っているのはあくまでスクリーン上の変化や展開のことである。つまり、野呂の映画をよくみていた人間ゆえの、物語（ストーリー）ではない意識の流れをこそ主体にした書き方（エクリチュール）がめざされているといっていい。のちの「一滴の夏」こそは、その典型見本だといってもよい。

それはともかく、野呂の作品を多少とも分析的に精読しようと考えている人間には、作品というモノの部分と全体を整理して眺めたい欲望が常にはたらいているものなのだ。文芸批評の要諦であるのは言うまでもあるまい。

ことに野呂作品については、私は面倒な作業を心がけた。すなわち作品の一行空きごとに鉛筆で番号を付し、かつ付箋をつけて、メモ用紙に一行の要約（リード）を書き付ける。一場面（ディテール）のタイトルでもある。そうしてみると全体が、作者の意図や企みまでが如実に見えてくる面白さがある。

その流儀で「海辺の広い庭」の全体を見渡してみると、すでに述べたように〝父と子〟の主題の、すなわち西村老人の出現によって炙り出される父の前歴、その戦前の青春の、徴兵された若き頃の陸軍の様子にふれた一章が、全体のなかでやけにふくらんでいるのがわかる。番号を付してみると、全体が十七節に分けられている。〝父と子〟の章は十一節目、本のページ数でいうと三十ページに及び、原稿量に換算すると五十枚ほどに及ぶ。〝事件〟なのである。ところが、ちっとも事件らしくない。西村老人なる他者がいわば探照灯（サーチライト）の役を果たしている。息子にはうかがい知れない時代の、若く溌剌とした一瞬の光景が、老人のほとんどモノローグ風に語られるのである。場面構成としては、老人が運転する小型トラックに乗って父の病院へ向かう過程でのこと。映画風にいえばいっときのロードムービーのシーン。そこにカットバック式に戦前の青春時代の〝絵〟が挿入される。同級生による昔語りの談話はあとで引用することにしよう。

野呂は、明らかに右の場面を中軸に据えた〝父をさがす子〟の主題を書くために作品の全体をしつらえたのだ、といえる。ただし阿部昭の「司令の休暇」のように〝父と子〟そのものと対峙するのではなく、別方式をとっている。すなわち「海辺の広い庭」には、付き合っている女との出入りもあれば、営業マンとしての仕事の中身も人間関係も丁寧に描き出されている。後半に至ると、かつての友人が騎士園なる島にある心の介護（ケア）施設で働いているところを訪ねる、これだけで独立した話題としても成り立つ場面も描かれている。ということは、〝父と子〟の主題を全面に押し出すのではなく、いまを生きる中年になりかけの、半ばの主人公の生きる時代と生活を描くことで、one of them としていわば相対化の試みを実践しているとも読むことができる。人生はコラージュなのだ――いろんな雑事や夾雑物をかかえて生きている。どれも大事小事で、どれも捨てきれない。それが、N市（長崎）に生きている、いまの自分なのだ――そうした一つの人生の縮図が見本（モデル）としてここに提示されている、そういえるのではないか。一九七〇年代の時代の心の風景と風土が見えてくる。

いくつか西村老人の回想に耳を傾けてみたい。

「海東君とわしはがきの頃から何かと気が合うて、桜といえば、あんた、花ざかりを愛でるものときまっとるのに、わしら二人は花が散っていちめんに葉がしげるころの、何というかいかにも青葉しげれる、という風情が好きだった。若さというのは面白いものさ。そんなどうということのない好みが一致しただけで、たわいなく友情が深まるように感じられてね、たまの日曜日に外出して他の兵隊が酒場だの、女郎部屋だのに駆け付けるのに、はっは、わしら二人は城跡の大きな葉桜の下に寝ころんでとりとめのない話をしていた。あの頃、わしらは若かった」

「わしらはあんた大正十四兵といって、例の宇垣軍縮にひっかかってな、現役は半年しか勤めておらん。だから昭和三年に予備役で招集されたとき、はたちの新兵からバカにされて口惜しい思いをしたもんだよ。わしらの兵籍は佐賀の五十五聯隊にあって、うん、そうだ、海東君は聯隊が軍縮で解散させられたとき、軍旗返還式に初年兵の中から選抜されて参加したのだったよ」

「このとしになると、あんたのような若い人とちがってむやみに朝早く目が醒めるもんでね。暗いうちに起きてごそごそしても子供にうるさがられるから、寝床の中でぼんやりしていると、あれやこれや昔のことを思いだす。きまって目にうかぶのは初年兵当時、桜の木かげで海東君と寝そべっていた場景だよ。木の下ではおたがいの顔が緑に染まってしまうのだった。まるできのうのことのようだ。あけがた布団の中でうつらうつらしていると、今までなめさせられた生活の辛酸も夢のようにはかないものに思われてね、そうだ自分にはただ若いころ襟に星ひとつつけて桜の木かげでとりとめのないことを語りあった一刻があったということだけが何やら信じられないくらい大事な思い出のように感じられてくるんだよ」

まるできのうのことのようだ――とは、私も父と母から何度か耳にしていた。そのたびに、子供心に、そりゃあ嘘だ、過去のことがきのうのことのようだ、なんてありえない、と。

ところが、どうだ、現に六十五歳のうすっぺらい人生でも、あれやこれや、まるできのうのことに思えるのだから、何だか恥ずかしくてならない。

6　ピークとは何か

スポーツ選手は記録が勲章である。

たとえばアメリカのメジャーリーグ（マーリンズ）で活躍しているイチロー外野手は現在四十二歳。メジャーで十七年目を迎える。今季（二〇一六年）史上三十人目となるメジャー通算三千安打を達成、なお体力・気力の維持ができれば、五十歳までもプレーが可能だろう、という。今季はすでにメジャー通算三千三十安打まで伸ばし、日米通算では、ピート・ローズが持つメジャー記録の四千二百五十安打を抜いて四千三百八安打とした。

グローバルな時代の、まさしく世界に通用する天才的プレーヤーである。もって生まれた才能のうえに不断の努力という精進ゆえの賜物だろう。

イチローを持ち出したのは、現在四十二歳と知って、比較の対象外ではあるが、かつて文学界では野呂邦暢が同年齢で心筋梗塞によって突然死していたのを想起したからである。ふいと、人間にとってピーク（絶頂期）とは何なのだろう、と考えだしたからでもある。かつ人間にとってピークとは一回限りにすぎないという、牢乎たる思いがあったから。ピークは二度はないのだ、とも。そしてここが肝心なところだが、ピーク時に当該本人がはたしてそれと意識できるものなのか、どうか。すなわちそれと認識し対象化することはすこぶる難しいことなのではないか。それこそはあとになって、振り返って改めて気づくことでこそあれ、ピークの渦中にあってそれと思い及ぶことは困難なのではあるまいか。事後性の認識で、それはあとで発見される類のことなのだと考えられる。早い話が、過ぎ去ってみなければわからないことなのである。——そうだ、ピークとは、あの勢いをもって回りつづける独楽をイメージすればよい。独楽が自力で勢いよく回転しているときというのは、一瞬まるで静止しているかのごとくだが、しかしまたたく間に失速してゆくように。そうしてコトンと倒れる。

野呂邦暢の生がそうであるように、夭折型の作家や画家というのは、たとえば芥川龍之介（三十六歳）も梶井基次郎（三十三歳）も中島敦（三十三歳）も、岸田劉生（三十八歳）も佐藤哲三（四十四歳）も松本竣介（三十六歳）も、みんなピーク時に病で斃れている。

さて、スポーツ界は肉体(からだ)が資本であるから、野球もサッカーもマラソンも水泳も、また相撲や柔道も、その選手(アスリート)生命はすこぶる短い。二十代三十代で現役を引退すると宣言さえする世界である。引退してどうするのかといえば、こんどは第二の人生が始まるわけだ。野球でも相撲でも経験を生かして、あるいは監督に、あるいは解説者の役割を演じ担う例が多いだろう。一方、ではサラリーマンの場合はどうかというと、いまでは六十五歳の定年が現役引退、スポーツ選手のそれの比ではない。平均寿命が八十歳近く伸びたとはいえ、第二の人生は、再就活と終活へまっしぐらである。サラリーマンがいわば細く長く、あのゆるやかな低い山の放物線を描くものとするなら、スポーツ選手は十代後半から二十代にかけて急速なまでに鋭角的上昇のベクトルを描き、あまりの高みゆえに——それこそピークと呼ばるべきであり、それが他者にはよく〝絵〟として見えるものだが——高さの持続には肉体の限界があり、限界はとりも直さず急速に下降に向かう。高ければ高いほど、落下も急速にして底も深い。そのためか、ピークは一回限りの印象が強くあるのかもしれない。

では、ものを書く仕事の場合はどうか。

考えることを言葉化して見えるようにする営為なのだが、実は気力と体力なくしてはありえぬ点では、スポーツ選手のありさまと生き方の本質で何ら異なるものではないといえる。ただ一つ異なるものがあるとすれば、もの書きは〝言葉が資本〟であることだ。だが、その言葉は己の所有物ではないから厄介なのだ。すなわち己の外にあるものを強引にもぎとって一時預りの仮所有化する営為――それが書くということだ。作品化がなされてはじめて、言葉はあるべき居場所をもつのだ、といえるだろう。気力と体力が衰えると、急速に言葉のほうが離れてゆくのである。ゆえに、

――小説家のピークは十年。

実はこのことを言おうとして、このことを言うために、縷々、スポーツ選手との比較を持ち出してきたのである。私自身これまで作家論として書いてきた阿部昭がそうだったから、だけではない。洲之内徹も、幸田文も、滝田ゆうも、車谷長吉も、不思議とピークが十年と見て取ることができたからである。むろんそのピークに至るまでの前歴があり、ピーク後の展開もあるのは言うまでもない。いちばん見やすいのは漱石がその典型である。三十八、九歳時の『吾輩は猫である』『坊ちゃん』を皮切りに、請われて朝日新聞社に入社以来、いくつもの長篇をものしながら四十九歳時の『明暗』に至る正味十年。途中、四十三歳の折には胃潰瘍を患って生死をさまよう。いわゆる修善寺の大患を挟む。ずっと順風満帆などありはしないのだ、ものを書く人生でも、ということを教えてくれる。

さて、こと野呂邦暢での、右の〝十年ピーク説〟を、小説家人生と作品とのかかわりについて考えてみたいのだが、その前置きとしてこれまでもふれてきたように、同時代を生きた阿部昭との照応関係について〝復習〟をしておきたい。

①まずはその生と死について。

阿部昭は一九三四年（昭和九年）九月二十二日、広島生まれ。海軍省の命による父の転勤によって現藤沢市鵠沼に移る。ゆえに〝海辺の人間〟として生涯をすごすなかで、生み出された作品には常にそれが反映している。没年は八九年（昭和六十四年、一月八日からは平成へ）五月十七日、心臓病による。五十四歳。

野呂邦暢は一九三七年（昭和十二年）九月二十日、長崎生まれ。一九四五年（昭和二十年）二月七歳の折、母方の諫早へ疎開。同八月九日のナガサキ原爆を免れる。没年は八〇年（昭和五十五年）五月七日、心筋梗塞で死亡。四十二歳。

②小説家同士という点では三つ上の兄と弟の関係以上に、その生まれが九月なら、その死も五月と共通どころか、ともに心臓を患って、それが命取りになったのも似ている。持病もあるが、「書く」という営為そのものが、洋の東西を問わず、わけても短篇型作家の短命を、阿部はエッセーでふれている。アントン・チェーホフ、ジュール・ルナール、ギ・ド・モーパッサン、梶井基次郎。

③阿部昭の小説家としての出発（デビュー）は、一九六二年（昭和三十七年）時の「子供部屋」で「文学界」新人賞によって。二十八歳時。野呂邦暢のそれは、六五年（昭和四十年）時の「或る男の故郷」による

「文学界」新人賞佳作によって。ここでも三年差にして二十八歳で共通。
④阿部昭は「子供部屋」で出発以来、「これに続く数作、自己の文体を獲得できぬまま悪戦苦闘する」（自筆「年譜」〔『阿部昭全作品』福武書店、一九八四年〕）。「これに続く数作」というのが、没後編まれた『阿部昭集』（全十五巻、岩波書店、一九九一―九二年）の十五巻にはじめて収録された「巣を出る」「再会」「失墜」の諸作品である。かくて一九六八年（昭和四十三年）三十四歳時、『未成年』は三回書き直したが、遂に長いトンネルから抜け出したという実感があった。旧作をすべて御破算にして、ここから再スタートすべきだと自分でも考えた」とある。この年、最初の作品集『未成年』が出る。「子供部屋」以来六年を経て。その六年間に、いや、『未成年』後も含めて芥川賞の候補に六回も挙がっていた。「巣を出る」（一九六三年）、「幼年詩篇」（一九六五年）、「月の光」（一九六六年）、「東京の春」（一九六七年）、「未成年」（一九六八年）、「大いなる日」（一九六九年）、というふうに（『芥川賞・直木賞百五十回全記録』〔文春ムック〕、文藝春秋、二〇一四年）。しかし、ついに受賞には至らなかった。
「店晒しはいやだ」

と、のち候補に挙げられることを拒否した。

ここでふれておくべきは、己が芥川賞候補に挙がった作品について、自筆「年譜」では一切ふれていないことだ。ある潔さを感じさせられることだ。

かくて一九七〇年（昭和四十五年）「司令の休暇」（長篇二百八十枚）を「新潮」十二月号に、その反歌的小品「明治四十二年夏」（挽歌として傑作）を「群像」（一九七一年一月号、講談社）に発表。「これを以て『未成年』以来の一連の作品に一応の終止符を打つ」。父と子の主題のうち、父そのものを中軸とする主題の完結を示唆していた。この時期を含めた向こう十年が、阿部昭の創作活動のピークと呼んでいい時期にあたる。

⑤さて、ことは野呂邦暢の場合である。

約七年――阿部昭とよく似て、「或る男の故郷」(一九六五年〔昭和四十年〕「文学界」新人賞佳作)以来の雌伏期をもつ。その間、六七年(昭和四十二年)には「壁の絵」「白桃」が、第五十六回、五十七回の芥川賞候補に挙がっている。ややあいて七三年(昭和四十八年)に、「海辺の広い庭」「鳥たちの河口」が相次いで、第六十八回、六十九回の芥川賞候補に。そしてその年の「文学界」十二月号に発表した「草のつるぎ」で、翌七四年一月候補五回目で芥川賞を得ている。このときは「月山」(「季刊芸術」第二十六号、季刊芸術出版、一九七三年)の森敦と同時受賞だった。

受賞に至る前年、一九七三年(昭和四十八年)こそは、野呂邦暢が文壇に躍り出た年として記憶されるべきだろう。すなわちこの年に、三冊のそれまで書いてきた中・短篇作品が一挙に刊行されているからである。この年の「年譜」の一部を引いてみる。

二月　『十一月・水晶』(冬樹社)
三月　『海辺の広い庭』(文藝春秋)
「鳥たちの河口」(「文學界」文藝春秋)
「四時間」(「文藝」河出書房新社)
「不意の客」(別冊「文藝春秋」文藝春秋)

五月　評論「詩人の故郷」(「文學界」)
九月『鳥たちの河口』(文藝春秋)
十月「八月」(「文學界」)
十二月「草のつるぎ」(「文學界」)

野呂のピークはこのあたりから始まったのである。三十六歳。
阿部のピークの始まりを一九七〇年とすれば、その年も三十六歳。
しかも三年差こそは、三つ違いの兄と弟が――ここでは弟が兄を敬しかつ倣いして伴走しているかのように見えるではないか。牽強付会(こじつけ)の説をこととしているつもりはない。一九七〇年から八〇年いっぱいの同時代を生きた二人の作家が、互いに相似た文学的生の軌跡をたどっている――かのように見えると言いたいだけである。むろん、これも生の完結したところから、そしていまだから見えることである。

阿部昭は以後、短篇連作集『無縁の生活』(講談社、一九七四年)をまとめてから、小説の小説らしさに飽きたりなさを覚えるようになって、のち『単純な生活』(講談社、一九八二年)にまとまるような、身辺の日々(にちにち)の生活に生起するヒト・モノ・コト――それこそが筋書きのないドラマなのだ、という世界を描く。同時平行的に、いまを生きる、とくに言葉をめぐる時代への批評の礫を投じる『言葉ありき』(河出書房新社、一九八〇年)シリーズ(のち『十二の風景』『変哲もない一日』〔河出書房新社、一九八四年）へと変貌してゆくのである。

一方、野呂邦暢は、右にふれたように一九七三年の一挙三冊の作品集刊行ののち、翌年「草のつるぎ」で芥川賞を得てからは、回りつづける独楽のようにたくさんの短篇作品を書いている。いま刊行中の「野呂邦暢小説集成」には、単行本未収録作品がいくつも収録されているが、その多くを私は買わない。玉石混交、むろん玉については別の章で語りたい。

この頃からである、阿部と野呂との伴走にも似た小説家としての生の軌跡が離反してゆくのは。べつに二者の間に確執があったわけでも何でもない。初期の出発時以来の、さながら〝兄と弟〟の関係にも似た――というのは、あくまで野呂の側からのそれであるにすぎない。阿部のほうはもとより、ハナから〝弟分〟などと思うことさえなかっただろうから。

そうした見立ては、あくまで二人の作家としての生のありさまと作品に親炙してきた私のそれ以上ではない、と言っておこう。弟は兄を範としながら、しかし弟独自の世界を切り開いていったからである。

ただ、しかし阿部昭と野呂邦暢が、湘南鵠沼と諫早との違いこそあれ、ともに〝海辺の人間〟であり、ともに敗戦と戦後の〝夏〟が、二人の文学の根底をなしていることは紛れもない。その意味では、やはり文学上の兄弟にも似つかわしいのである。

［付記］

「佐伯さん、どんな作家も旬は十年だよ」

二〇〇八年頃、時代小説の「文庫書下ろし」シリーズで頂点を迎えていた佐伯泰英氏に、角川春樹氏がそう言ったという。「惜櫟荘の四季18　鶴岡での講演」（「図書」二〇一七年一月号、岩波書店）のエッセーで、佐伯氏がふれている。興趣深いひとことだ。

III 風土・諫早

7 カスピアン・ターン——「鳥たちの河口」

一篇の作品全体が、人間の生の見事な隠喩になりおおせている——そんな作品はめったにあるものではない。「鳥たちの河口」を再読した折の作品の印象が、その結構が、そうだった。そうしてふいと、あの「檸檬」(梶井基次郎)もそうではなかったか、と想起したのである(丸山才一説)。

「えたいの知れない不吉な塊が私の心を始終圧えつけていた」

その「不吉な塊」が使嗾するように「私」をして京都の二条、四条通りを彷徨させる。

「何故だかその頃の私は見すぼらしくて美しいものに強くひきつけられたのを覚えている。風景にしても壊れかかった街だとか、その街にしてもよそよそしい表通りよりもどこか親しみのある、汚い洗濯物が干してあったりがらくたが転してあったりむさくるしい部屋が覗いていたりする裏通りが好きであった」

梶井の文章は、ややくどい。内にくぐもる自意識の「塊」こそが主題であるからだ。

男はうつむいて歩いた。

空は暗い。

河口の湿地帯はまだ夜である。枯葦にたまった露が男の下半身を濡らす。地面はゆるやかな勾配をおびて地下水門のある小丘へつづく。（略）
星のない空をいただいて枯葦の原は一様に色彩をうしない、黒い棘のかたちでひろがっている。丘のいただきにたどりついたとき、視界がひらけた。風が吹いている。海からの微風である。男は深呼吸をした。風は干潟の泥を匂わせた。
海には朝の兆しがあった。

こっちは野呂邦暢の文章のスタイルだ。アーネスト・ヘミングウェイばりの、簡潔で即物的な文章表現。地狭の町の風土と風景をこそ描写はしても、梶井のように感情や心理やの細々は書かない、少くともここでは。また、この作品は一切固有名を持たない。人物は「男」としてあるだけで、土地・風土もどこと記されることもない。野呂の読者であれば、この作品の場所が諫早であり、町を流れる本明川とその海辺への河口であることは容易にわかる。しかし、それと固有名を書かないのは、もとよりこの作品が虚構であること、作者の仮構の基軸によって組み立てられたものであることをより明示してもいるだろう。仮構でなければ書けないことがあり、仮構だからこそイメージに言葉というかたちを与えることで、よりいっそうリアルにたどりつけることができる――そういう実験が試みられている作品といえるのである。結論は急ぐまい。ただ、のちにふれるが、この「鳥たちの河口」とつづく「草のつるぎ」ほど、リアルとリアリティーの決定的な違いの問題を内包しているものはない、と思われてならなかった。これはあとで再考しよう。

男は河口の干潟に群れる鳥たちを観察することに集中しているカメラマンだ。勤めていた地方放送局の人員整理に抗して組合活動をする過程で、あらぬ嫌疑をかけられて失職の憂き目に。間のわるいことに病んだ妻をかかえてもいる。

一方、梶井はといえば、大学中退、肺尖カタルを病んでいるため体に微熱があり気懈(けだる)さをかかえている。暇を持て余すように「街から街を浮浪し続けてい」る。大正期末、青年のデカダンスの日々(にちにち)の梶井と、戦後一九七二年頃の野呂と、半世紀もの差があるのだから、もとよりすべてを同列に扱うことはできない。片や十五枚ほどの掌篇、片や八十枚ほどの中篇と、作品の規模そのものにも雲泥の差がある。さらにまた、野呂が「檸檬」を意識して「鳥たちの河口」を書くに至った形跡は微塵もない。にもかかわらず、両者が、作品全体が、生の不如意といおうか、生きにくさを抱えた憂悶さといおうか、実際どこにも帰属しえない、ある宙吊りの不安定な状況にある点では、見事に共通しているといってよい。

「私は二条の方へ寺町を下りそこの果物屋で足を留めた」。そこで檸檬の一顆(いっか)を買う。「始終私の心を圧(おさ)えつけていた不吉な塊がそれを握った瞬間からいくらか弛んできたと見え」「あんなに執拗(しつこ)かった憂鬱が、そんなものの一顆で紛らされる」のである。だとすれば、そんな程度の「憂鬱」にすぎない、ともいえる。肺尖カタルを患っているから余計に「その檸檬の冷たさ」(傍点は引用者)が、「握っている掌から身内に浸み透ってゆく」ほどに快く感じられる。

――つまりはこの重さなんだな。

あの掌のなかに握れる紡錘形の檸檬一顆、その「冷たさ」と「重さ」が、いっときの「幸福」をもたらす。ふいといつもは避けがちだった四条河原町にある丸善（書籍、文具、洋品を売った——と注にある）におもむく。画本の棚から一冊、また一冊と積み上げる。大好きなドミニク・アングルの橙色の重い本まで。ふとある思い付きが浮かぶ——「袂の中の檸檬」を取り出して、城壁のごとく積み上げた頂に「恐る恐る檸檬を据えつけ」ることを。

不意に第二のアイデアが起った。その奇妙なたくらみはむしろ私をぎょっとさせた。
——それをそのままにしておいて私は、何喰わぬ顔をして外へ出る。——（略）変にくすぐったい気持が街の上の私を微笑ませた。丸善の棚へ黄金色に輝く恐ろしい爆弾を仕掛て来た奇怪な悪漢が私で、もう十分後にはあの丸善が美術の棚を中心として大爆発をするのだったらどんなに面白いだろう。

私はこの想像を熱心に追求した。「そうしたらあの気詰りな丸善も粉葉みじんだろう」
そして私は活動写真の看板画が奇妙な趣きで街を彩っている京極を下って行った。

さて、そこで一首。

檸檬一顆丸善画集の上に据う　爆弾しかけし悪漢遊戯

こんな即興を思い付かせるのが、「檸檬」再読の効用なのである。ということは、深刻ぶった青年の憂悶をわざともったいぶって「えたいの知れない不吉な塊」と驚かせておいて、それをレモン（lemon）ならぬ檸檬とわざわざ漢字書きにしてまで、それに魅せられたいっときの感情を、さらに爆弾（テロ）に見立てていたずらを仕掛けてみせる振る舞い――こうなると、もう絵になるくらいの遊びのアバンチュールであり、洒落て気取ったユーモアでさえある。何十年ぶりかに再読した今日の目からは、そんなふうに見えたということ。同時に、それこそは、大正期の肺を病んでいる知的青年の生と心の隠喩（メタファー）として、あるいは象徴（シンボル）としても捉えられている、と読めたのである。

*

カスピアン・ターン。

（和名はオニアジサシ。チドリ目カモメ科。海岸、干潟に。）

「鳥たちの河口」を読んだひとは、その鳥を知らずとも、いや、知らないからいっそう鳥の名前それだけで、どことなく神秘的な渡り鳥であるかのような錯覚を抱いてしまいがちだ。作品を読むたびに、その存在を見たい知りたい――そう思いながら、きちんと調べることを怠って歳月ばかりがたった。この稿を書くためには、その鳥を見ずに一歩も先に進めないのはわかっていたから、近くの図書館（市の分館）に行って「鳥類図鑑」を探してみたが、見つからなかった。後日、池袋の三省堂におもむいて、「渡り鳥」を中心にまとめた図鑑を見つけて、ついに見つけたときはあまりのうれしさで言葉を失った。梶井流にいえば「ずっと昔からこれ〔檸檬のこと：引用者注〕ばかり探していたのだと云いたくなった程私にしっくりしたなんて私は不思議に思える」のと似ていた。そうしてちょっとばかりガッカリもした。なぜなら私のよく見て知っているユリカモメ（百合鷗）に似ていたから。――私の住まう埼玉県朝霞市を流れる黒目川（一級河川）の泉水地区には、毎年十月末になると渡り鳥のユリカモメの群れが百数十羽も飛来した。あの『伊勢物語』の東下りの隅田川の場面で登場する都鳥である。全身白無垢、くちばしと脚だけが赤く、止まっているときは一見小ぶりで美形の鳥だけれど、飛翔すると両翼は意外や広くて優美。ただその鳴き声は濁声（だみごえ）でちょっといただけないのだが。

いまでも隅田川や上野公園の不忍池にやってくるユリカモメである。ところが、私の住まう泉水地区には、この十年前頃から飛来する数が激減するやいなや、いまではまったくこなくなってしまった。以前は初飛来日（気づいて見た日）を必ず手帳に記していたものだ。地球の温暖化現象と無縁ではないのだろう。北のシベリアのほうから、越冬のために日本にやってくるのが雁と同じく季節の習いになっていたのだが、パタリとなくなった。地球環境の異変を誰よりも渡り鳥のほうが敏感に察知しているにちがいない。

どの鳥をどこでいつ見たかはノートをめくるまでもなく男はそらでいうことができた。ページをめくる指がとまった。30th Nov. と日付のある欄にカモメと書いた文字を横線で消し、アジサシと書いてまた消し、さいごにオニアジサシと太い字で書いて、カッコの中にイタリック体でカスピアン・ターンと記入し、感嘆符までつけ加えている。

「カスピアン・ターン」

男は唇を動かして鳥の名前を発音した。表情がそのときなごやかになった。この鳥も有明海の一角では見るはずのない種属であった。これは望遠レンズのむこうにとらえた影像ではなく、まぢかに観察して確かめた鳥である。カスピアンという名前の通り、中央アジアの広い内海に多く棲息する鳥で、日本では沖縄の八重山群島で戦前に一度見つかっただけである。

モンゴルや中国大陸の南東部にもすみ、冬季にインドやタイへ渡る鳥がどうして遠く進路をそれ西九州の干潟へやって来たものか男にはわからない。赤褐色のくちばしは長く、黒い頭と白い首がカスピアン・ターンの特徴である。男は謎の漂鳥を発見した日付を再読した。30th Nov. 二十日まえのことだ。（傍点は引用者）

さて、「鳥たちの河口」は、たとえていえば六十分くらいの映像を見ているかのような空気感がただよう作品だ。海辺の河口と干潟、そこにやってくる渡り鳥や棲息するカモメやシギやマガモやの生態を描いて。かつミステリーの要素もなくはない。はじめに謎の提示がなされているから。河口に向かう途中で一羽のカモの死骸に出会う。「のどから腹にかけてひきむしったように皮が裂け、肉がえぐられている」。鳥が地上でおそわれて殺されることはないから、この湿地帯のどこかに何か兇暴な力がひそむモノのいる予感。男はこの九月以来、河の砂丘にコの字形の囲いをこしらえて、カメラの三脚をおき、キャンバスチェアーをすえて鳥の観察をしつづけているカメラマンだ。そうするうち何度か見慣れない鳥の瞬間を、自分の目でまたカメラのかたすみで見ていた。得体のしれない不吉な予感。他にもカラフトアオアジサシなる世界的にも珍しい漂鳥を見つける。

「何かが、一つの異変のようなものがこの河口の一帯でおこっている。この湿地帯だけでなく自然界である異常な狂いが生じかけている。それが鳥たちを迷わせてこの干潟へ送りこんでいるように見える、と男は考えた」

　この作品が書かれたのはいまから四十年以上も前の話である。

　実はここまでが作品の導入部にあたる。前にもふれたように野呂は番号で章割りをしない。映像のカット割りの展開にそっくり、ドキュメンタリーのそれに近い。場面の変化は一行の空白があるだけ。エンピツで各章に番号を付してみると全体は八章で構成されている。

　ことは、30th Nov. 二十日前のこと。すなわち十二月二十日の現在時制。二章は二十日前の十一月三十日、男はいつものように撮影器材を詰めた鞄をさげてこの砂丘にやってくる。焚火の燃料を集めるために波打ち際を歩いていると、「流木のかげに黒い鳥がうちよせられているのをみつ」ける。カスピアン・ターン。くちばしから尾羽根まで重油にまみれている。だが、鳥は硬直を示していない。目には光がある。「飛翔力を奪ったのは重油ではなかった。一発の散弾が翼の付け根にめりこみ、うす桃色の肉を露出させていた。おそらくハンターがカモとまちがえて放った散弾をあびて落下し、海面で波にもまれるうちに重油をかぶって自由を失ったものらしかった」

　男は瀕死の鳥をかかえて家へ帰る。その夜からカスピアン・ターンの回復と蘇生へ向けての介抱が始まる。――洗面器にぬるま湯を満たす。中性洗剤をといて風呂場に運ぶ。スポンジにしみ込ませた湯でていねいに鳥の羽毛をぬぐう。洗面器はたちまち黒くなる。

「きょうは身体の具合はどうだい」

「いつもの通りよ」

「医者は何かいってたか」

「何も」

妻も病んで終日臥せがちなのである。

「寝てた方がいいよ、ここはもういいから」

ガーゼにサラダオイルを染み込ませ、ぬぐい残した重油を羽毛からふきとる。小麦粉をまぶす。ダンボール箱に厚く新聞紙をしきつめる。毛布を入れた上に鳥を横たえて百ワットの電球を差し込む。保温のためだ。ここまでが第一段階。ところが、翌朝になると、翼の付け根が少し化膿しているようだ。あわてふためいて――といった感情表現はここには一切ない。作品全体にも。ただ男の冷静な観察と判断と行為がドキュメンタリー風に描かれているだけ。

何か食べさせなければ、と男は考える。

船着場近くの漁業協同組合を訪ねる。陸揚げされたばかりのシバエビを見る。少しゆずってほしい――そういう説明的言葉も野呂は書かない。野呂の小説のなかの会話も、映画的というか、脚本レベルに近いヤリトリに、リアルならぬリアリティーがある。くどくど口にしない。必要最小限のことを口にするだけ。それなのに間が生まれていて、人間関係と距離感までもが互いのヤリトリのなかで見えるのである。次に引用するのがそうだというわけではない、むしろ説明的ではあるが、漁師とのヤリトリのなかでこの土地のかかえている事情がわかるようになっている。土地言葉がいい。

「あんたが食ぶるとかん」

「鳥の餌にしようと思って」

「ニワトリに」

「いや、珍しい渡り鳥をひろったもんだから」

「いつもんとこでか」

「うん、あそこからちょぃと天狗の鼻によったところ」

（略）

「あんたがひろった鳥ちゅうのはカモかん」

「アジサシの種類なんだが」

「きのう、組合の総会があってな、渡り鳥ももうおしまいばい」

「すると漁協ぐるみ賛成派に転向というわけか」

「情勢がぐらい変ったというこったい。わしを含めて反対派はたったの五人になってしもた。結局のところ組合の決議にはしたがわんばなかたい」

「いや、どうもありがとう」

「餌の残りは酒の肴にしなされ、生きとるうちがうまか」

　うす桃色のシバエビは鋳造したての釘のようにきらめき、透明な袋の中で跳ねた。

「昔は今時分だと空が暗うなるごつガンが渡って来たもんばってん、ようけ減ってしもたなあ」

ここで「組合の総会」というのは、この土地の干潟を埋め立てて工場を誘致し、そこで働く人々の団地を作る計画が進んでいること、これに対して漁師として干潟と海を守ろうとする反対派が劣勢状態になっていることがわかる。「鳥たちの河口」が書かれた一九七三年（昭和四十八年）、隣の不知火海では、チッソ水俣工場の排出したメチル水銀によって沿岸の人々の脳の中枢神経は破壊され、手足のしびれや震え、舌のもつれ、視野が狭まるなどの、のちのいわゆる水俣病におかされている。海の自然と環境汚染の問題を描いた『苦海浄土——わが水俣病』（石牟礼道子、講談社）が書かれた六九年から四年後のことになる。もっとも野呂の作品には、そうした公害と社会問題が露わに表現されているわけではない。漁師は見て知っている。かつては空が暗くなるほど雁が渡ってきたのを。だが、本来渡り鳥としてくるはずのないカスピアン・ターンがこの干潟にやってくるのはなぜか。

1st Oct.　10th Nov.　2nd Dec.——これらは潟や草原で鳥の死骸を発見した男のノートのメモ。さらに、

十一月十二日、ユリカモメ二羽
十一月二十日、ヒヨドリとキレンジャク
十二月五日、ハイイロガン

ほかにツバメチドリ、ツメナガセキレイ、ムネアカタヒバリなど、みな渡り鳥の死骸の記録である。それにしてもこの河口で見るはずのない鳥類がしばしば現れるのはなぜか。大陸を南下する鳥が、たとえば台風とか高気圧とか地形の変化などで、錯覚をおこして進路をあやまるといったことは、まず

ありえない。

「渡り鳥は体内で分泌されるある種のホルモンに刺戟され、強力な直感と本能で進路を定めて空の道を飛ぶのである。星と太陽の高度が彼女たちの羅針儀である」（なぜ女性名詞なのか――引用者注）からである。

漂鳥の世界に尋常でない異変が起きているばかりではない、渡来するはずのない鳥がここへやってきて、その群れの一部が墜落して死んでいる。ただこの十数羽にも及ぶ渡り鳥の死には、また別の要因もあるのではないか――というのは、作品のはじめのほうでふれられているツクシマガモが「鉤のようなもので引きさかれた傷」をおびていたからだ。男には予断がないわけではなかった。先にミステリーじみたといったのは、この河口に来だしてからいくどとなく男の視界をかすめ、カメラの端にちらりと認めていて、しかしなかなかそれを確認できないままの鳥の存在だ。要するに「何か得体のしれない物が雲の上にいる」らしいのだ。

こうした予兆の合間に、男の河口の観測地点に不意におとずれた人物がいる。この間まで男が勤めていた放送局に出入りしていた印刷会社の社主である。局内の印刷物を一手に引き受けていた関係で面識のある人物である。

「こないだ局へ行ってあなたのことを尋ねたらやめちまったときいたんで少しびっくりしたよ。どんな事情にしろ会社をやめるまで鳥の撮影にうちこむのはちかごろ見上げた生き方だとわたしは思ったな」

男は鼻白む。そうじゃない、というのも億劫なので黙っていると、思いもかけないことを持ち出す。

「いや、あんたの写真集を出したいといってるんだよ、わたしは」

この人物が、『郷土の散歩』というシリーズで放送する十五分のローカル番組に登場して、鳥の生態観察について語っていたことがある。鳥は狂っているのだ、と社長はいった。

「そしてだれも鳥の世界におこっている異変に気づかない」

二回目の会見まで社長は乗り気だった。判型や紙質の打ち合せまでした。ところが、三回目は不在、四回目は営業の係長が応対、社長からは何も聞いていない、という。新式のカラー印刷用機械を購入したために多額の不渡りを出して、工場は債権者団体に差し押さえられている、という。男のわずかの期待は、こうしてあっけなくも潰える。——

「きょうで終りだ」

男は百日の休暇の終焉を意識する。先にはこんな思いがあった——「男は湿地帯でそよぐ葦を思い、干潟の原初的な沈黙を思った。河口は懐しかった。すべてを失っても自分には河口がある、と思った」

鳥たちの河口は、実は男の河口でもあるのだった。男のこの土地と風景と風土へのヴィジョンにほかならないのだった。しかし、この河口とも別れなければならないときがきている。「自分は群から脱落した鳥の一羽かもしれぬ」——そんな思いにとらわれないでもない。一方、世話を怠らなかった甲斐あって、あの渡り鳥の傷もようやく癒え、身動きも活発になっている。夜更けしきりに箱のなかでもがいては短い啼き声を発することもある。もう大丈夫だろう。

男は焚火に燃料をくべる。杭を抜いては焚火に放り込む。弁当の包み紙を火にくべ、九月以来ちょうど百日目の始末をつけなければならない。そうしてカメラにかぶせたカバーを四つに畳んでしまいかけたとき、黒い影が頭上をかすめる。なまぐさい風のようなものが鼻をうつ。本能的に危険を覚える。

「そいつは男の上空へかけあがり、たっぷり二メートルはある翼を羽搏かせ、男を中心に円を描いている。たくましい骨格をもったハゲワシである」

朝のツクシマガモの無残に裂かれた腹は、こいつの仕業だったのだ。この猛禽が夕日の光輝に包まれてまっすぐ男をめがけて襲来する。二度、三度。男は焚火にくべた櫂を振り回して抵抗する。手応え。何か弾力あるものを叩いたような。男の全身から力が抜けた。膝を折って地面に座り込む。握っていた櫂を放り出そうとしても指がいうことをきかない。初めて恐怖を覚える。――以上は、あくまでこの物語の終盤のアウトラインにすぎない。ハゲワシと男との一瞬のバトル。本文はもっと緻密にして映像的で、ドキュメンタリーさながらの緊迫感に満ちている（比較的初期に書かれた短篇「狙撃手」〔「文學界」一九六六年十二月号、文藝春秋〕を彷彿とさせるものがある）。

かくて、この物語は大団円（フィナーレ）を迎える。ささやかな親和感に満ちて。

地下水門がある丘の向こうから妻がやってくる。柳の枝で編んだバスケットを持参している。

「だいじょうぶなのか、起きて」

「ね、これ何だと思う」

留め金をはずすと、そこに回復したカスピアン・ターンがうずくまっている。一時は化膿して鳥を弱らせていた翼の付け根の傷も完全に塞っている。

「鳥は男の手に抱きとられるときゅうくつそうにもがき、しきりに首を空にさしのべて翼をばたつかせた」

鳥は飛ばなければ鳥ではない。30th Nov. 以来二十日間の介抱と親和は、カスピアン・タ一ンの再生と本能を身にたぎらせたようだ。「何か不気味な異形の物に変身したかのようである」


八章目にあたる短い最終章を、全文引いておこう。


「この鳥、あたしが放していい？」

男はうなずいた。

妻は両腕でやわらかく抱いていた鳥を空にむかって押しあげるようにした。白い鳥は砂丘上でとまどったように羽搏いた。ぐるぐると大小の円を描いて旋回し、しばらく方角を案じているようである。鳥はまず葦原へ飛び次に河口と砂丘を結ぶ線を数回往復した。やがて飛翔の方向に確信をもち、南東の海上へ去った。夕闇がすぐに鳥をのみこんだ。

妻は気づかわしそうに鳥の行方へ目をやっている。空をみあげていた。

「もう迷わないかしら」

「方向をかい」

あちらが、と妻は鳥の去った海上をさして、

「あちらが鳥の故郷なんだわ、故郷に帰れたらいいのだけれど」

鳥に故郷はない、と男はいった。

さて、右の「鳥たちの河口」と「檸檬」と、すなわち一羽の〝鳥〟と一顆の〝檸檬〟とは、直接共通するものがあるわけではない。背景たる時代性も、土地・風景・風土の場所性も、作者の年齢や生活の空間性も、どれ一つをとっても、むしろ違いのほうが際立っているだろう。にもかかわらず、二人の男の生のモラトリアム期のごとき宙吊りの状況のなかで、一刻（いっとき）の、鳥と檸檬に〝魅せられたる魂〟による高揚感や親和感や蘇生感までをも共有ないし共振している作品世界を見いださずにはおれない。そこに二者の間に魂の共鳴現象がおきているのだ、と。ゆえに、カスピアン・ターンは野呂のなかの〝檸檬〟なのだ、とも。冒頭で、一篇の作品が生の隠喩（メタファー）になりおおせている、といった所以なのである。

＊

作品にそれと明示されてはいないものの、その背景は諫早市、山峡から流れる本明川、その川に沿って一時間も下れば河口に達することができる。その手前に、小野と長田地区を結ぶ不知火橋が架かっている。

「弓なりに反った長い橋は人も車も通るのはまばらで、いつもひっそりとしている」

二年前の秋にはじめて諫早を訪れて、終日、町から河口へ向かって歩く途中、この不知火橋を渡った。私の他に誰もいなかった。

「橋からの眺めは満潮時の満々とみなぎった水もいいが、海から退いた後に現れる干潟の情景も格別だ。人類誕生以前、太古の世界もこうだったかと想像されるような荒涼とした風景になる。荒涼とはしていても貧寒で枯渇した眺めではない。反対にこのうえなく豊かで充溢した水平の広がりである。川と海と天と土と草とが一ヵ所に接するこの河口が私は好きだ」

二年前の秋、電車の窓から諫早に近づく遠く向こうの低い山の連なりに、青白い煙が靄のようにたち込めている光景を眺めていた。収穫を終えた畑地のあちこちで、枯れ藁を集めて焼いている煙だった。縄文ならぬ弥生の頃の光景もかくあらんかと、原初的な風景に目をうばわれた。

野呂の右の引用は、「鳥たちの河口」同題のエッセーである。「長崎新聞」(一九七三年七月十八日付夕刊)に発表されたもの。その年の「文學界」に発表された作品の背景、後日譚かつ打ち明け話である。四十年後のいまは、海沿いの河口は埋め立てられて野菜や豆の収穫地になっているが、不知火橋からの光景は大きく変わってはいない。作品の舞台を歩いてみて、この土地の風景と風土が自分の目のなかに体のなかに染み入ってくるのがわかる。To see is to believe. 野呂が二十のときに佐世保陸上自衛隊へ入隊し、のち北海道の千歳に転属した折は地理測量部要員だったことを思い出す。野呂の目は、この土地を生活者の目で見るだけではなく、地理測量のカメラの目をも具有していた。諫早高校時代は美術部員で絵を描いていた人間であるから、見ること、絵を描くとは、「自分の魂の一部分あるいは全部がそれに乗り移ることなのだ」(梶井基次郎)。

ここを舞台に作品を書きたいと思ってから数年たった。河口に場所を定め、登場人物は主人公以外に一人か二人で、時間は一日、それも夜明けから日没までとする。
……昨夏、私は波打ち際をぶらついていて砂に埋もれていた骨片を拾った。小さな鳥の頭骨である。名前は知らない。表面は水の力で磨かれて滑らかで内側はかすかに白くなって砂の色と見分けつかないほどだ。波と砂にもまれて脆くなった頭骨は指先で支えても紙のように軽い。そのの軽さが私の指から体に水滴のようにしたたり落ちるのを感じた。鳥のはかない生命を思った。そのときカスピアン・ターンという鳥のことを思い出した。昭和四十年十月に八代の埋め立て地で熊本の獣医さんと高校の先生が発見した世界的珍鳥である。（略）カスピアン・ターンという乾いた清音で成るこの鳥の通称が口ずさむのに快かった。八代で観察されたのならば有明海の一部である諫早湾で翼を休めたこともあったはずだ。この頭骨もあるいはそのとき不慮の事故で飛翔力を失い海に沈んだカスピアン・ターンのものかもしれぬ……。ひとかけらの名も知らぬ鳥の骨をもてあそびながら私の夢想は尽きなかった。（略）河口からの眺めは千年一日のように変らなかったが、見えないところで異常は進行しているように思われた。有明海だけが自然界の荒廃から無縁であるとは思われなかった。

こうした作品の舞台裏を知らされてみると、改めてリアルとリアリティーがはらむ違いと距離について考えざるをえない。リアルとはモノ・コトであるとすれば、リアリティーとはモノ・コトが見る人のなかで視線を与えられ、注視され、心に捉えられ、そうしてそれに表現が与えられたとき、すなわち言葉化＝作品化されたときに、そのモノ・コトははじめて意味をおびる——一般的にはそうみえるだろうが、ことはそうではない。実はモノ・コトのほうが人を選んでかつ人をして使嗾してやまないのが本当なのだ。

「砂に埋もれていた骨片」、その「小さな鳥の頭骨」が、その「軽さ」が、すなわち「鳥のはかない生命」が、野呂によってカスピアン・ターンに変身をとげ、再生し、飛翔しえているからである。

8

風が吹いている――「草のつるぎ」

昭和三十一年（一九五六）　十九歳

三月、京都大学文学部受験、失敗。長崎県立諫早高等学校卒業。三ヵ月間、京都で浪人生活。映画、読書、名曲喫茶通いに明け暮れた。父の事業失敗、入院にともない、大学受験を断念。帰郷。

不況下の時代に職を得られず、秋、上京。大森の友人宅に下宿しながら、ガソリン・スタンド店員、喫茶店ボーイ、ラーメン屋出前持ち、雑誌セールスマンなど、多くの職業に就く。

昭和三十二年（一九五七）　二十歳

春、帰郷。

六月、佐世保陸上自衛隊相浦第八教育隊入隊。

七月二十五日、豪雨により諫早市に水害、三日間の休暇で帰郷。

八月、北海道千歳へ配属。

（前掲「年譜」）

風が吹いている。単なる風ではない。

「年譜」を見るとそう思う。旋風（つむじ）のような、それは別名「飆風（ひょう）」ともいうとは、車谷長吉の作品を読んで知ったこと。キャンキャンキャン……と犬が吼えながら追われるように疾走してゆくさまの象形とは、『字統』（白川静、平凡社、一九八四年）に教えられた。

野呂のなかの飆風の時代――まさしく十九から二十すぎの内なる風だけでない、外なる暴風雨の時代といえるだろう。

ぼくは半年前を思い出す。郷里には仕事の口がなかったので、ぼくは東京に出た。ありついたのはガソリン・スタンドの従業員という職だった。生れてはじめての給料をとる生活は物珍しくはあったけれど生活に馴れるにつれてあき足りなくなってきた。ぼくが東京に期待したのは給料で生活するという以外に目のさめるような新しい経験だった。（略）

しかし要領さえのみこんだらそいつら（ドラム罐のこと―注）を手なずけるのはさして難しくはなかった。これが通いで六千円だった。自衛隊では衣食住つきで同じだけもらえると聞いた。ぼくはドラム罐との格闘にうんざりしていたので自衛隊に入ることを思いついた。何があるか分らないが、そこにはなにか東京の生活にはない新しいものがあるかもしれない……。

（「冬の皇帝」〔『野呂邦暢小説集成』第四巻〕、文遊社、二〇一四年。傍点は引用者）

解説風にいえば、ここには一九六〇年前後（昭和三十年代）の時代と青春の一端が垣間見えるけれど、それ以上ではない。私はふいとさらに三十数年前の、一九二〇―三〇年代（大正末から昭和初年代）の、すなわち戦前のマルキシズムの旋風の吹き荒れた、官憲力との闘争の時代を思わずにはいられない。大杉栄の無政府主義運動の過程で、天皇暗殺のあらぬ嫌疑をかけられて官憲によって虐殺される（邪魔者は消せ）時代のことを。右傾化・軍国主義化する社会に抗して、多くの若き知的青年らがマルキスト化し社会主義革命運動に加担してゆく。対していっそう権力側の赤狩りも加速する。そういう嵐のような時代に抵抗し、しかし官憲に拘束されて拷問を受け、転向を強いられてゆく青春もあった。中野重治と佐多稲子の小説をむさぼった。「故舊忘れ得べき」「如何なる星の下に」の高見順も、一九七〇年代になって『高見順全集』（全二十一巻、勁草書房、一九七〇―七七年）が出てまとめて読んだ。同じ頃それまでよく読んでいた亀井勝一郎の「わが精神の遍歴」と「大和古寺風物誌」も、講談社から『亀井勝一郎全集』（全二十四巻、講談社、一九七一―七五年）が出て再読していた。共通していたのはいわば横暴な官憲の権力に抵抗し、しかし挫折と転向を余儀なくされてゆくなかで、己の文学的生命を再構築そして再出発をはかるありさまがよくみてとれたことである。

野呂の右の引用をしているうちに、自分自身の同年齢の頃に読んでいたものが蘇ってきたのである。ついでにいえば、この引用中にある「あき足りな」さを、別の意味で、「冬の皇帝」やのちの「一滴の夏」作品へのそれとして返したい思いがある。早い話が、それらの作品で野呂は己の本当の闘うべきものを見いだしかねているのではないか。そういう印象を捨て切れないのである。部分の、ディテールの、フラグメントの結晶度を示しながらも、それらが全体として収斂をおびずに拡散のままにある――「あき足りな」さといったのは、そういう意味でもある。

風が吹いている——と書きだしてから、連想がアチコチに飛ぶ。この稿を始める前に、あろうことか、ボブ・ディランが二〇一六年度のノーベル文学賞に決まったと報じられた。事件だった。ノーベル文学賞の対象は概して時代に抗した生き方とそれを描いた作品に授与される傾向がある。ボブ・ディランといえばあのシャガレ声で歌う「風に吹かれて」である。英文の歌詞が新聞に載ったのをとくと眺めているうちに、些末な疑問にとらわれた。

The answer, my friend, is blowin' in the wind.
友よ、答えは風に吹かれている

リフレインがそれである。フォークソング全盛期だった一九六〇年代には、むしろ反戦歌として受け止められていた。泥沼化するベトナム戦争に抗議した若者を中心に、全米だけではなく日本でも一世を風靡した。その時代の空気をリアルタイムで生きていなかったので詳しくはわからない。その後のビートルズやベンチャーズ世代の人間だから。といって熱中しおぼれたわけでも斜めに構えていたわけでもない。単にいつも何でも時勢とか流行というのが嫌いなだけである。五木寛之の『風に吹かれて』(読売新聞社、一九六八年)も、だから文庫になってから読んだ。

それはともかく、いま頃になって気になりだしたことがある。すなわち「風に吹かれて」と、それはなぜ受身形なのか——と。時代の風に抵抗し、新しい若者像を提示するのではなく、
「友よ、答えは風に吹かれている」

と、繰り返し歌うのがボブ・ディラン。五木流に言い換えれば自力ならぬ他力ということか。もっとも右の答えの前にはいくつもの問いが投げかけられている、その問いかけのほうがむしろ大事なのかもしれないのだが――。

いくつの道を歩けば、一人前と認められるのだろう
いくつの耳を持ったら、人々の泣き声が聞こえるのだろう
どれだけの人々が死んだら、もうたくさんだとわかるのだろう

ベトナムで無辜の民が死に、ベトナム兵も徴兵されたアメリカ兵も、その若い命が無残にも死んでゆく現実を背景として、「友よ、答えは風に吹かれている」でいいのか。考えてみると、答えが風にあるのではなく、答えは――という助詞であるところに、この時代の風に吹かれながら、オレやオマエの生き方を模索してゆくしかないのか。受身形で消極的だけれど生き抜いてゆこう――そういったささやかな、これは応援歌でもあるのだろうか。

さて、こんなふうに「風」くらい比喩のなかで隠喩(メタファー)中のメタファーもないのではないか。

Wind is moving air.

中学英語ではじめに覚えた一節。目の前にあるけど見えない。見えないけど確実にひとの肌を擦過

してゆく。便利で、容易で、豊かで、ときに横暴で、つかまえどころのない、だから融通無碍でもある「風」。

雨ニモ負ケズ
風ニモ負ケズ

宮沢賢治の詩もある。「雨」も「風」も、ここでは実際の雨・風以上に、生てゆく困難さ、つらさのメタファーとして受け止められてきた。あるとき、その英訳に出合ってギョッとしたことがある。

Strong in the rain.
Strong in the wind.

違う、違う、これじゃあ〝雨に勝て、風に勝て〟と叱咤激励、ムチ打たれているみたいじゃないか。「負ケズ」という言葉には、生きてゆくのはつらいことが多いけれど、怒らず、ケンカせず、足ることを知って……という心のけなげさや切なさを背負った言葉なのではなかったか。

風は、その大許が鳳凰のごとき霊鳥による翼の羽ばたきと漢字博士から教えられたように、もとより人間にどうこうできるレベルではないもの。地球が自転している以上、必然的に起こる気象天候上の空気の動きにほかなるまい。ということは、風こそは他力受動性そのものの体現であればこそ、人間はそれに受け身で対す以外にしようがない、ということだ。他力受動性たらざるをえぬゆえに、ここはやはり風には吹かれるのがふさわしいのだろう。

＊

「草のつるぎ」を再読した折、作品の主人公（語り手）が「ぼく」だったことを忘れていた。

「海東、そがん所でへこたれるな」

と訓練のさなかに班長から叱咤される場面で、「ぼく」が「海東光男」という名の一兵士であるのがわかる。「海辺の広い庭」の主人公名と同じ。そこでは第三人称として、「彼」と多く記される人物が、ここでは「ぼく」という第一人称の目でもって世界がとらえられているのだった。くどくどいうのは、「ぼく」なる主語をもつ作品は「草のつるぎ」がその濫觴だからである。つづけて「砦の冬」も、「一滴の夏」も、「とらわれの冬」も、そして「冬の皇帝」もみな「ぼく」の主語をもつ、いわば野呂のストレートな緑の年（グリーンエイジ）（青春）を描いた作品（連作）がそうなのである。「草のつるぎ」で芥川賞を得たことで（このとき野呂三十六歳）、己が青春を見つめ直す手がかりとそれを書く機会に恵まれたといってよい。そのことはとりも直さず、

――なぜ自衛隊に入ったのか。

という自身への問いがずっと潜在していたからだけではない、他者からも同じ問いをかけられることしばしばで、しかし自他ともに納得のゆく解答なぞできるはずもなかったのである。と書いて、ふ

いと、

——解答→海東

という類推（アナロジー）もありか、とするのはいかにも牽強付会（こじつけ）にすぎるかもしれない。むしろ実際は長崎の東、諫早の海に光あれ、くらいの穏当な命名（ネーミング）なのかもしれない。ただ伊達や酔狂ででも小説家は己が分身たる主人公名には含意や拘泥（こだわり）をもたせたがるものなのだ——というのは、『吾輩は猫である』のイロニーのまさった登場人物名しかりである。小説家たる名からしてみな雅号（ペンネーム）をもっていたではないか、とりわけ明治期のかれらは。しかるに本名そのままになるのは、なぜ？　これはまた別の問題になるので、いまは措く。

ことのついでではあるので、「野呂」という作家名についてふれておこう。もとより本名ではなく、出典ないしきっかけは梅崎春生（長崎出身）の『ボロ家の春秋』（『昭和名作選』第八巻、新潮社、一九五五年）の登場人物名から借りたペンネームであることは、本人がエッセーでふれている。本姓名は「納所（のうしょ）邦暢」である。「納所」とは実に変わった姓だが、もともとは「寺院の納所」のこと、文字どおり寺院の会計や庶務などを取り扱う事務所のこと。そこで働く下級僧侶のことをさして「納所坊主」というらしい。昨年、漱石の『草枕』を読み返しているときに、

「観海寺の納所坊主がさ……」

とあって、注を見たのであった。

さて、問題をしぼろう。

小説家にとって己が過ぎこし青春を描く、そこにかたちを与えたい試みは避けて通れない関門だろ

う。高い知性と鋭い感性を蔵している青年であればあるほど、己のなかの自意識を恃むがゆえに、そうしてそれが望むべきかたちをとっていない混沌未分であるがゆえに、その憂悶のやり場は容易に見いだしがたい。場合によっては、自意識地獄から脱出しようとして己自身を「この世の外ならどこへでも」(anywhere out of the world) といった自己処罰への衝動さえも。そうした人間の意識様態（青春時に限らない）を、小説家車谷長吉は「人間の三悪」として「高い自尊心。強い虚栄心。深い劣等感」を挙げている。むろん己自身をモデルとした人間省察である。車谷の自伝的長篇小説『贋世捨人』（新潮社、二〇〇二年）の主人公（生島与一）は東京で身を持ち崩した末、播州姫路の郷里へ帰るも入れられず、捨て身で旅館の下足番から京、関西の料理場の下働きとして転々九年の彷徨を余儀なきものとして生きた。「タコ部屋からタコ部屋を転々とした。その間に三人の嫁はんと姦通した」ほどの〝業柱抱き〟の時期をもっている。罪深いヤツなのだ。その自覚が、自己処罰意識が、一度ならず世捨て人として本気で禅寺を訪ね歩かせてもいるのだった。「私」とはいうなれば己が肉体と意識という〝監獄のなかの囚人〟にほかならない。「私」はついに「私」以外の者にはなりえない。その古くて新しい命題を生きるのが青春の特徴だが、中年だろうが同質である。車谷長吉はいわば徹底の魔の人であるがゆえに一個の人生のある極北を生きた人である。

対して問題は野呂邦暢の場合はどうか、ということだ。車谷と比較して優劣をいっても意味はあるまい。野呂は野呂流の青春期の生の極北を生きようとしたことは疑いようがないからだ。それが「自衛隊」だったのだ、と。肉体と意識の監獄を自覚しながら、なおより具体的な〝監獄〟にみずからを投入したのだ、といってよい。そこで自己あるいは自意識なぞは徹底的に無化させられ、無化せざるをえぬ場所と空間にほかならないはずであった。擬似軍隊という組織と階級と規律のがんじがらめのなかに身を置くとは、すなわち野呂にとって望んで自己処罰の監獄の囚人たらんとする生の選択にほかならなかった。

「ぼくは別人に変りたい」「ぼく以外の他人になりたい」

こうした激した言葉の出てくるところが、その証拠だといえるだろう。

態度が大きいといわれるのは心外だ。助手たちを苛立たせる何かをぼくは身につけているのかも知れない。小銃を分解しながら考えた。ぼくは普通以上に普通の隊員でありたい。徳光のように話し、西村のように歩き、与那嶺のように敬礼しているつもりだ。何の変りがあるというのだろう。ぼくには何か良くないところがある。本能的に助手たちはそれを嗅ぎつけて目の敵にする。そうだ。ぼくもまた彼らと同じようにぼく自身を憎む。すこぶるいかさない草色の作業衣などを着こんで鉄砲かつぎに身をやつしているのも、元はといえばぼくの中にあるイヤなものを壊したいからだ。伊佐に帰った翌日、高校時代の同級生に会った。彼らはぼくがなぜ自衛隊に這入ったか知りたがった。うまく説明出来なかった。こういえばどうだろう。物質に化学変化を起させるには高い熱と圧力が必要だ。そういう条件で物は変質し前とは似ても似つかぬ物に変る。ぼくは自分の顔が体つきが、いやそれに限らず自分自身の全てがイヤだ。ぼくは別人に変りたい。ぼく以外の他人になりたい。ぼくがぼくでなくなればどんな人間でも構はない。無色透明な人間になりたい。そのためには自分を使いつくす必要があると思われた。かきまわし、熱を加え、叩きつ

　ぶさなければならなかった。このような事情をしかしぼくは語ることが出来なかった。何者でもなくなることにどうしてこだわるのか、と彼らはいいたがっているようだ。それにはぼくは自分に対する憎しみを開陳しなければならない。そこまでは億劫だった。（傍点は引用者）

　ここが、「草のつるぎ」のもっとも肝心要なところである。高校の同級生たちがみな疑問に思っていたのだ——なぜ、自衛隊に入ったのか、と。その理由（わけ）を「うまく説明出来」るはずもない。十九、二十の青年期の渦中にあって、己自身を醒めた目で対象化しうる人間などいやしない。いまを生きることで精いっぱい、そのいまがのちにどんな意味をおびてくるかなぞ考えも及ぶまい。幼年そのものに「幼年時代」がないように、青春渦中に「青春時代」はないのである。回顧回想にはノスタルジーの避けられないのが一般だ。かつて中村光夫の文学的回想録のタイトルに『憂しと見し世』という晩年の本があった。タイトルに知性というか含みがあるのが気に入っていた。人も知る「長らへばまたこのごろやしのばれん憂しと見し世ぞ今は恋しき」（『新古今集』／『小倉百人一首』にも）の下の句からとられている。作者藤原清輔三十の頃の歌と知って驚いたものだ。

　ところで、小説家として己が青春期という自伝的な素材を扱うときの要諦について、車谷長吉の次のようなめざましい言葉を拾っておきたい。

「小説を書くことは、失われた時を写すことではない。世界を立ち上らせることである。死人を生き返らせることである。過ぎ去った時を、絶えざる現在として生きることである」（「物の怪」「三田文学」一九九三年、三田文学会）

野呂にとって「草のつるぎ」を書くとは、己が対象をどう見るか、どう扱うかという意味でも、車谷の言葉と同質のものといってよい。野呂の十九、二十の自分が、三十六の目によっていわば再発見されるのだ。再発見を別名〝事後性の認識〟と呼ぶのである。回顧やノスタルジーのレベルではない。十九、二十の己自身を対象化する三十六のもう一つの目――当然、そこに複眼的な目のはたらきが生まれてくるだろう。それをヴィジョンと呼んでもいい。

先の引用の一節「こういえばどうだろう」の次の比喩について、その前後の言葉の遣い方、措辞そのものがすこぶる考え抜かれた、すなわち演繹的な論理によって組み立てられていることに気づかされるだろう。「物質に化学変化を起させるには高い熱と圧力が必要だ。そういう条件で物は変質し前とは似ても似つかぬ物に変る」――ここ。これを等式化すれば、次のようになる。

X「物質」＋Y「熱と圧力」＝Z「化学変化」へ

この等式に、傍点を付した引用部分の言葉をもって当てはめてみると、次のような整理図ができあがる。むろん「X物資」は「ぼく」、「Y熱と圧力」は「自衛隊」のアナロジー（類比）である。

X'
「ぼくの中にあるイヤなもの」 「自分自身の全てがイヤだ」

＋

Y'
「壊す」 「使いつくす必要」 「かきまわし、熱を加え、叩きつぶす」

＝

Z'
「別人に変りたい」 「ぼく以外の他人になりたい」 「無色透明な人間になりたい」

言い換えれば、

X”
自意識による自己否定現象

＋

Y”
破壊衝動の行為　自己処罰の試み

＝

Z”
変身願望

となるだろう。

こんなことを内心に、渦巻きのように台風のようにかかえている知的青年が、「自衛隊」という軍隊組織集団内に飛び込んで、はたしてまともにやってゆけるものだろうか。隠すほどに現れるものはないから、そんなつもりはないのに、「態度が大きい」とか「助手たちを苛立たせ」てしまうのである。「本能的に助手たちはそれを嗅ぎつけて目の敵にする」のも故なしとしないのである。そもそも「ぼくは普通以上に普通の隊員でありたい」と思うこと自体、「普通」ではないからだ。

では、「普通」とは何なのか。

「徳光のように話し、西村のように歩き、与那嶺のように敬礼」すればいい、それとわかってそうしている「つもり」なのに、二十前後の若者たちの集団規律生活にははじめからとけ込めていない——これが入隊初期の段階だといっていい。

ここで名前が挙がっている主な同僚七人を、ざっと紹介しておこう。

①「徳光」は、長崎の炭坑で石炭を掘っていた。自分の給料を元手に金貸しを開業するくらいだからケチ。タバコも酒もやらない。

②「西村」は、彼らが所属する第三班十七人のなかでただ一人妻帯者。勤めていた土建屋がつぶれ

たので入隊。教育を終えたら施設隊に回してもらってブルドーザーの運転免許をとりたい。
③「与那嶺」は、中学を出てからずっと八幡で小さな鋳物工場に勤めていた。「八幡に居ったときとくらべたらな、戦闘訓練は遊びのごたる」
④「伊集院」は、「西村二士、女のあそこは何かこう難しか仕組になっとるちゅうのは本当な」
⑤「加治木」は、珍しく私大中退ののち入隊。防衛大学校を受けるつもりで消灯後も一人明かりのもとで受験勉強に余念がない。幹部候補生をめざしている。
防大関連でいえば、東郷が「ぼく」（海東）にこんなことを訊ねる場面があるので引いておこう。


「ぬしゃ防大に行くとな」と彼は訊く。

「行かん」

「したら何でこげんとこに這入ったな」

「お前と同じたい」

「二年でやめるとか」

「さあ、どぎゃんしゅう」

「さっきな、班長がぬしのこつでぶつぶついいよらった。海東のふうけもんにも困ったもんじゃいいよらったとたい」

「そうか」（傍点は引用者）

「ふうけもん」とは〝愚か者・阿呆者〟の意味だと、佐賀出身の知人におそわった。幹部や周囲の目からして、この集団生活のなかで同僚たちになじまず、一人浮いた存在らしいことがわかる。
⑥「東郷」は、よく歌を歌っている。便所のなかでも歌う歌謡曲好きの男。熊本で映写技術の見習いをしていた。
⑦「桐野」は、十九のわりには老成タイプ。訓練休暇時にはタバコをうまそうにふかして一瞬、六十の農夫のように見える。
以上、〝七人のサムライ〟が、「ぼく」の周囲（まわり）を彩る同僚連中である。「加治木」や「西村」を除けば、みなまだ少年の面差しをもった初々しいまでの準初年兵士群像なのである。はじめの頃、こんなことがあった。訓練休憩中に水筒の水を汲みに一人走るとき、班の連中が「俺んとも頼もばい」と水筒をはずし始めたとき、「海東のふうけもん」は、「自分の水は自分で汲め」と言い捨てて走りだす。彼らがどんな顔をしたかはわかっている。「ぼく」は彼らを怒らせる。「故意にそうしている」。「ぼくの方が進んで彼らを挑発し怒りをかっている」ことをしている。「……ぼくには仲間の反発と憎悪が必要だからだ。ぼくは彼らを憎む。したがって彼らからもぼくは憎まれなければならない」

こうした「ぼく」の頑なさを押し通す態度や振る舞いは、実戦訓練という「熱と圧力」がしだいに過酷になっているにもかかわらず、ちっとも「化学変化」をおこしてはいない証明にほかなるまい。「他人に変る」どころか「無色透明の人間」にさえもなりきれていないではないか。あの〝変身願望〟への等式は、単なるお題目にすぎなかったのか。

だが、しかし「草のつるぎ」の意図は、「過ぎ去った時を、絶えざる現在として生きること」（車谷）、すなわち己の言葉で十六年前の「ぼく」を遠近法の目で距離をおいて透視しかつ対象化しようという試みのはずだ。いまだからこそ見えてくるものをも捉えようとしている。つまり、「草のつるぎ」一篇にはたえず過去と現在を意識のうえで往還しながら、「ぼく」の体験の実相を再度検証しようとする目が、複眼的な目の意識がはたらいているといえるだろう。

そのことが、たとえば次のような一節に如実に現れている。

彼らがぼくを苛立たせるわけが初めは分らなかった。ぼくは分る。今になって分る。ぼくが彼らを憎むのはあまりに彼らがぼくに似ているからだ。これが憎まずにおられようか。桐野も徳光も東郷も与那嶺も西村も皆ぼくの分身といっていいくらいだ。何の変りがあるものか。

これは、かつて見えなかったものがいまは見える、ということではない。時間と歳月がそうさせたのでもない。実はこうして「書く」こと、思い出して、あれは何だったのかと一つ一つ考えて言葉化する営為そのものが、認識を深めさせているのだというべきである。書かなければ見えはしない。書きだしてはじめて見えてくるのである。いわば再発見の驚きも生まれてくるのである。

五十日間、彼らを憎んでいたとは自分でも信じられなかった。西村も徳光も松井も与那嶺も、ぼくが憎むのと同じようにぼくを嫌っているのだと思っていた。ぼくはかつて他人になりたいと思った。ぼく自身であることをやめ、無色透明の他人になることが望みだった。なんという錯覚だ

ろう。ぼくは初めから何者でもなかったのだ。それが今分った。何者でもなかった。（傍点は引用者）

かつて自分だけは特別なんだ、おまえたちと一緒にされては困るんだ――口にはしないけれど、そういう自己中心の、絶対の高見の立ち位置から周辺を見ていた自分が、いまは「皆ぼくの分身」といえるほどに、「初めから何者でもなかったのだ」と、かれらと同じ地平で見つめ直すことができる。視点が低くなると他者がせり上ってくるのである。自己の相対化意識が深まっているのだといっていい。

のちに「『草のつるぎ』をめぐって」（「新刊ニュース」一九七四年四月号）のエッセーで野呂自身ふれていた。「自衛隊を外から見ていた」のだ、と。「わたしは無意識のうちにかつての同僚や上官を裁いていたのだ。そういう特権が自分にあるかのごとく思いあがっていては書けるはずもなかった」。あるとき、いつか書こうとして書けないでいた頃に、たまたまある酒場で出会った安岡章太郎氏から助言があったことを記している――「つまらない正義感を捨てて、そこで見た物事を自由奔放に書けばいい」と。

ナイフと岩塩を求めるところから「草のつるぎ」は始まる。

体に草の葉をつけての匍匐訓練。ＭＩガーランド銃（アメリカ兵が使っていたもの）の軽さがのちに重く感じるように。アメリカ軍のお偉いさんの視察。Ｂ・Ａ・Ｒ（自動銃）分解と結合の早業訓練。

真夏の射撃場での実弾射撃。かくて後半、大野原演習場へ向けての行軍と二日間にわたる雨中での実戦訓練……など盛りだくさんの訓練メニューのすべて（「熱と圧力」）が、一人前の兵士になるまでの、それでもまだ基礎訓練の段階である。

こうした訓練の場が九州・佐世保の陸上自衛隊相原である。

ここは三階だ。開放した窓から草原が見える。緑の拡がりが尽きる所から海が始まる。風が吹きこんで来た。潮の匂いがする。風は海から来る。草原を見ていると分る。風になびいて草が白い葉裏をひるがえす。規則的な間をおいて草原に濃淡の縞が走る。それは海寄りの草原から始まる。幾筋かの白線が緑の庭に浮んだかと思うと風の速さで隊舎の方へ押し寄せて来る。（だんだん良くなる）と思った。不意にそう思った。ここ二、三日、体のどこからか新しい力が湧き出してくる。身内に何か漲るものを感じる。

夏の海から風が吹いてくる。この草原で小銃をかかえて匍匐前進がおこなわれる。

目の高さに草の切先がある。緑の海に全身を浸して泳いでいる気になる。（略）号笛が鳴っている。それは告げている。早く次の壕へ急げと。匍匐の仕方が変わる。壕から這い出すときは両肘で小銃をかかえこむ。膝と肘で体を支えてのたくる。草がぼくの皮膚を刺す。厚い木綿地の作業衣を通して肌をいためつける。研ぎたての刃さながら鋭い葉身が顔に襲いかかり、目を刺そうとし、むきだしの腕を切る。熱い地面から突き出たひややかな草。草の中でぼくは爽やかになる。上気した頬が草に触れる。しびれるほど冷たい草に触れる。七月の日にあぶられても水のように冷えきった草がぼくを活気づける。硬く鋭く弾力のある緑色の物質がぼくの行く手に立ちふさがり、ぼくを拒み、ぼくを受け入れ、ぼくに抗い意気沮喪させ、ぼくを元気づける。

散文詩だ。リズミカルな短音に、長音が交じる。言葉がイメージを、絵を、喚起してやまない。だけではない。アクションが伴う。草原のアクションと人間のアクションが一体となって現前している絵を、感じさせてやまない。

八月半ば、「二ヵ月たつうちに日の位置もずれ」てゆく。最後の、最大の大野原演習場での、それも雨中での訓練のあと、世界は少しずつ変わっている。

草は枯れかけているのだろうか。まだ黄ばんでいるようには見えないが、どことなく七月の鮮かな緑ではなくなったようだ。午後、ぼくは小銃を持ち、走って草むらに伏せた。ひたと草に身をすり寄せた。むせかえる草いきれはなかった。草の葉から艶も失せていた。老人の肌のように生気がなかった。ぼくは匍匐した。査閲官がぼくらを見ていた。勝手知った草原である。草は、もはやぼくを刺そうとはしない。葉身は硬くない。もろくなっていてつかみかかるとすぐに折れた。草原をわたる風があった。

9　本明川――洪水の記憶と

自然は大いなる恵みをもたらしてくれるとともに、ときに災いとして襲いかかってくることがある。二〇一一年三月十一日の東日本大震災は、マグニチュード9・0の地震に伴う津波の襲来が二万人に及ぶ死者・行方不明者を出した。同時に、海際の福島第一原発の損壊は、チェルノブイリに相当するレベル7の放射能汚染の事故をもたらした。近在のひとの生活・暮らしは一転、住み慣れた土地を捨てて遠方に避難を余儀なくされた。

天災と人災はいつも同時にやってくる。とりわけ日本列島は火山と地震の多発国であることは、これまでの災害史が物語っている。天災は、科学文明が高度に進んだとはいえ、それを予測し避けることはできていない。人災は天災に随伴して生じることがほとんどだが、唯一の例外は、人災すなわち戦争がその終末段階で、ヒロシマ・ナガサキへの原爆投下によるひとの暮らしと自然の破壊をもたらしたことだ。

さて、そのナガサキから二十四キロ離れた諫早とは、一体どんな土地なのか。改めてそう問うとき、ここは野呂による的確な表現を借りるのがよい。

諫早は三つの半島のつけ根にあたり、三つの海に接している。それぞれ性格を異にする三つの海に囲まれた小さな地狭部の城下町である。（略）わたしは諫早という土地を、こういう言葉を使ってよければ、愛している。美しい町であると思っている。町を歩けば海の匂いがするからだ。いつも町には三つの海から、微かな潮の匂いを含んだ風が流れこんで来る。外洋の水に洗われる千々石湾（ちぢわ）の風、その底質土に泥を含まない清浄な大村湾の風、干潟をわたって吹く有明海の風。
　とりわけわたしは有明海の風を好む。わたしの借家は本明川下流にあり、川沿いに堤防を下れば有明海の一部である諫早湾に出る。この河口を舞台にわたしはかつて、「鳥たちの河口」という小説を書いた。

（「筑紫よ、かく呼ばへば」「東京新聞」一九七四年二月四日付）

諫早を流れる本明川は、実は〝暴れ川〟といわれるほどに、この川の歴史はさながら水害と人災のそれにほかならなかった。

江戸の藩政時代、本明川の河口には光江津（現・仲沖町）と呼ばれる港があった（『諫早菖蒲日記』〔文藝春秋、一九七七年〕に出てくる）。この港は長崎から他藩へ、また他藩から長崎へと運ばれる荷や人びとの往来の際に利用される中継地的役割を担っていた。本明川は、海が近いせいで干満の差が数メートルに及ぶという。江戸の隅田川の比ではなさそうだ。満潮のときは山下淵の下まで有明海の海水が交じった川水が上ってくる。ゆえに大雨による洪水が、毎年五月から六月の梅雨時に集中的に生じた。年によって被害の大小は異なるが、その逐一の記録（以外も含め）が『諫早日記／日新記』として残され千三十一冊の膨大さに及ぶという（『〝暴れ川〟本明川――諫早の母なる川の物語』長崎新聞社、二〇〇九年）。

そのグラフィックの「暴れ川の記録」の章には、十三の「藩政時代の洪水記録」が簡潔にまとめられ紹介されている。以下、そのなかでも人的被害と罹災者を中心に少しく引用する。

①元禄十二年（一六九九）八月十三日
　人的被害・溺死　四八七人
②寛政八年（一七九六）五月二十六日
　人的被害・溺死　二人
　罹災者・のべ五六九七人
③寛政八年（一七九六）六月十一日
　人的被害・罹災者・のべ一五一二人
④寛政九年（一七九七）五月二十四日
　人的被害・罹災者・不明
⑤寛政九年（一七九七）六月十八日
　人的被害・罹災者・不明
⑥享和元年（一八〇一）五月二十一日
　人的被害・罹災者・六九三人

⑦文化元年（一八〇四）五月十三日
人的被害・罹災者・五二〇人
⑧文化七年（一八一〇）三月六日
人的被害・十六人　罹災者・凡（およそ、のこと）二三二人
⑨文化七年（一八一〇）六月六日
人的被害・罹災者・五八六人
「この水害で唯一の石橋が流される。これを機に眼鏡橋が二九年後（一八四〇）に架けられた」
⑩文化九年（一八一二）六月二日
人的被害・罹災者・不明
⑪文政二年（一八一九）六月三日
人的被害・罹災者・不明
⑫文政三年（一八二〇）六月十七日
人的被害・溺死一〇人　行方不明・二人
罹災者・三五〇〇人余
⑬文政四年（一八二一）五月二十四日
人的被害・六三六人

ここで紹介されているのは、元禄から文政までの約百二十年間におきた十三度にわたる洪水の記録

である。ごらんのとおり五、六月の梅雨時に集中している。わけても②と③、④と⑤、そして⑧と⑨は、それぞれ一年に二回たてつづけの洪水だ。人的被害では①と⑬は尋常な数ではない。治水対策がなされなかったわけではあるまいが、何しろ貧乏藩ゆえに十分ではなかったのだろう。本明川そのものが、すぐ背中に急勾配の山をかかえかつ川までの距離が短いうえに、川の蛇行のいちじるしいのが水害と人災を必然的に招いたのだというしかない。

「ことしの梅雨(ながせ)はおかしい、のべつまくなしに降る、大洪水のまえ触れではあるまいか」——こう心配し川を見にゆく仲間(ちゅうげん)の吉爺(きちじい)。もういい年寄りではあるが、海と空の気象をみることにかけては、かつて諫早佐賀間を往来する回船に乗り組んでいたくらいだから、仲沖界隈の武家屋敷で吉爺の右に出る者はいない。

『諫早菖蒲日記』のはじめのほうに、時は安政年間(一八五〇年—)だが、いざ洪水というときを考えて対処する暮らしの側の対応がこまやかに描き込まれている。この野呂の代表作については次章で述べるが、主人公十五歳の少女志津の父親が砲術指南役であると同時に「河川奉行」をも任ぜられているのであった。本来なら今年の正月から、本明川改修工事を取り仕切って、「川底をさらって土砂を堤防に上げ、屈曲している水路をまっすぐにし、永昌の下あたりから山下淵にかけて支流をこしらえ、水をわかてば、少々の雨では溢れない」と父上は自信をもって語っていた。「しかし、工事に先立つ用意銀が、台場の整備費、鉄砲大筒などに消えて、着工のめどは立たないという。異国船がこうもひんぴんとやって来なかったら、とうに工事をしていたであろうに、と父上は無念の気色である」

夜に入っても雨がやまないのを見越して、いざというときのために畳をはいで土蔵に、他に父上の文箱や書物も取りまとめて土蔵のいちばん高い所へ移動させる。下女は母上の命で飯炊きにかかる。三十個もの握り飯を作らせ、川の船番所につめる役人にゆきわたるだけのものを用意させ、吉爺にもってゆかせるのである。半鐘がしきりに鳴る。どこぞの橋が流されたのではないか……。

「寛永末年には馬鞍坂で手が洗えたという。元禄の大水では五百人あまりの流れ亡者が河口にただよったともきいている。さればこそ本明川の改修は歴代諫早家に課せられたつとめであった」

田町、魚町、流れ町
諫早様は御船待ち
せめて住みたや上ん馬場
目代(めしろ)にそびえる四本松

この俗謡（七五調）は、大洪水のあとに流行(はや)ったものという。

飛んで一九五七年（昭和三十二年）七月二十五日（先の藩政時代の月日は太陰暦であること）の諫早大水害にふれなければならない。このときの死者（四百九十四人）、行方不明（四十五人）、合わせて五百三十九人という未曾有の悲劇を招いたからだ。かつての元禄の（①）、文政の（⑬）折にも匹敵する大水害ゆえである。

手許にある『〝暴れ川〟本明川』はB5判のグラフィック誌、後半すべてはこのときの大水害の写真と記事・記録が詳しく載っている。当時十九歳だった、二十五歳、三十九歳だった五人の、今日七十代、八十代になる人々のインタビュー談話もある。この経験をもとに十数年かけて川幅の拡張と堤防護岸工事が完成し、いまでは穏やかな、水害・人災がおこらない本明川になっている。

野呂邦暢はこの年の六月に、佐世保陸上自衛隊相浦第八教育隊に入隊して二カ月目に入っていた頃だった。七月二十五日、豪雨によって諫早市に水害発生。上長からの命で三日間の休暇と帰郷をする。帰郷といっても現にいっこうに降り止まない豪雨のなか、電車も途中の大村で停止する。向こうまで二十キロはある。衣嚢を背にともかく歩くしかない。

ⓐぼくは手で顔にしたたる水をぬぐった。しょっちゅうそうしていないと目に入る水で路面も見えなくなるのだ。海岸道路は片方に迫った崖から崩れ落ちた土砂で二百メートルおきくらいに埋まっていた。

ⓑ荷を満載したまま土砂の下になって横転しているトラックがあった。ぼくはしきりに咽が渇いた。歩きながら上を向いて口をあけた。ところがどうしたことかこれほど激しく降っているのに、雨は口の中にほんの二、三滴しか落ちてこない。埃を嘗めたような味がした。

ⓒ「伊佐のどこですか」

「川内町です」(略)

「乗りませんか。自分も今から伊佐の救援本部に戻るところです。歩くより速いでしょう」とす

すめる。（略）

「何か話して下さい。自分は昨晩から眠っていないんですよ。水が引いてから泥に埋まった死体を掘り出すのに忙しくて、さかさになって足だけ泥の上に突き出ているんですよ。どの死体もね、たいていこれが裸でね、流木やら石やらぶつかっているもんだからきれいな体なんてひとつもありゃせんのですよ、男か女かもわからん、よく洗ってみなければね、ところが水道は壊れてしまっている。匂うでしょう、ほら」

ⓓ「ああ、この辺の人ならほとんど上の寺に避難していますよ」（略）石段があった。急勾配のそれは泥ですべりやすくなっていた。ぼくは這うようにして石段を登った。（略）魚箱に投げ入れられた雑魚よろしくひしめいている本堂の連中に、「海東の家族を知りませんか」と呼んでみた。暗い片隅で立ちあがったものがあった。

「光男」という声が聞えた。おやじの声だった。

以上、四つの断片は「草のつるぎ」（十一・十二節）からの引用である。

天災、人災いずれにせよ、記録や体験談話はあっても、文学作品として表現を与えられることはめったにない。もとより体験したひとでなければ書けない表現の力あってこそのことだが、同じことはそのまま野呂が蒐集しかつ読み込んだ『失われた兵士たち』をまとめた姿勢につながるものである。思い出すのは関東大震災（一九二七年）の体験を、その自伝的長篇『きもの』（新潮社、一九九三年）で書いた幸田文。一九三三年（昭和八年）に起きた地震による三陸海岸への津波の様子を描いた三浦哲郎の『海の道』（文藝春秋、一九七〇年）もある。二〇一一年三月十一日の東北大震災後、話題になったのは吉村昭の『三陸海岸大津波』（〔文春文庫〕、文藝春秋、二〇〇四年）だった。私は三浦哲郎論を書いていて、津波についてきちんと書こうと思い、その著を捜し求めて東京・神田神保町を歩いた。

問題は何かというなら、野呂にとって二十のときの故郷喪失ともいうべき体験が、その本明川水害にほかならなかったことだ。振り返ってみれば七歳時にナガサキを、こんどは二十にしてそれまで過ごした城下町諫早の風土を、いわばつづけざまに喪失する体験をもっていることだ。喪失とは底なし井戸のことだ。言葉を駆使する人間にとっても、言葉という水を汲んで足しても足してもなお埋めきれぬもののことだ。

だから「一滴の夏」でも繰り返し、改めて眼前の問題として再浮上せずにはおかない。佐賀の夏から一転、北海道千歳の冬を、主人公「海東光男」は測量士として学び体験し、だが丸一年後には除隊し、再び夏に郷里諫早に戻ってくる。そして見たものは何か。

洪水が町のたたずまいを変えていた。一年前と同じに見えても、実は違っていた。家々はどれも一様にさまざまな角度に少しずつ傾き、薄い茶褐色の膜をかぶっている。屋根にも壁にも泥のこびりついた痕があり、建てたばかりの家屋にもそれが見てとれて、町全体が汚れた印象を与える。市街はさながら嵐の朝、渚に打ちあげられた難波船といった感じだ。洪水のとき、深く削られた条痕が走っている道路は歩きにくかった。まだ片付けられないままぶざまにつぶれている家も通りの一角にはあった。（前掲「一滴の夏」）

Ⅳ　歴史へ

10　未読のあなたへの手紙Ｉ――『諫早菖蒲日記』

　あなたはもう大学の三年生になられた。

　昨年の夏の終わりの頃でした。久しぶりにお会いして（ずいぶんキレイになった！）、互いの近況を伝え合うなかで、

「いまは何についてお書きになっているの？」

　と訊ねられましたので、

「野呂邦暢」

　といいました。

「のろ、くにのぶ？」

　手許の付箋に漢字で書きました。

「いまの大学生は知らないだろうね。一九七〇年代の小説家だ。八〇年に入ってまもなく四十二歳の若さで死んじゃった」

「七〇年といったらわたしの母の生まれた年」

「そうなんだ。じゃあ、向田邦子って読んでる？」

「高二のときにね」

「その向田邦子の企画でね、野呂の最後の歴史小説『落城記』のテレビドラマが進んでいる、そのときに向田邦子も飛行機事故で死んじゃった」

「のろって、じ、さ、っ？」

「いや、心筋梗塞。仕事のしすぎだと思う」

「……センセって、マイナーなひとばかり、おっかけている感じ」

「地味な作家だけれどホンモノっていうのが性に合うんだよ。ジミー・イズ・ベスト」

「はい、はい、わかりました」

「一九七〇年代はじめといえば、ぼくもいまのあなたと同じ年齢頃。大学紛争で休校つづきだった。七二年頃に新人作家野呂の作品集が相次いで出て、以後、ずっと読みつづけてきた。いまのあなたに、そういうあなたを擒にする作家って、いる？」

「いません、すいません。むしろ、センセを擒にした、そののろさんのを読んでみたい」

「いまでは図書館か、古書店でもなければ、本は見つからないかな」

「おすすめは？」

「そりゃあ、何たって『諫早菖蒲日記』だ」

「探してみます。書いてください」

――その年の秋、はじめて九州・諫早へ出向きました。そのときの話もしたいなと思いながら、あなたに会えないいまま時間がたってしまいました。

そこで、ふと思い付いたんです、おそらく未読のままのあなたに向けて、手紙を書いてみよう、と。それが、『諫早菖蒲日記』の魅力を伝える、いちばんいい形式（スタイル）のように思えたからです。

その一、敬語

代表作『諫早菖蒲日記』の魅力について、いや、その豊かさについて、未読のあなたに感想文や印象記を書くつもりはありません。文芸評論の仕事をしておりますので、どこがポイントなのか、きちんと批評を伝えたいと考えています。

なんともう四十年も前（一九七七年）のこと。単行本として出版された折にすぐもとめて読んだときの、文章のみずみずしさ、描かれている自然空間の清新さ。しかも幕末という時代の緊迫した空気が、九州のたった一万石の諫早藩の地方田舎にまで及んでいます。一読して惚れた作品とその世界ですけれど、なんでそうなのかの理由（わけ）を解明もせぬまま、こうして時間ばかりたってしまいました。でも、いまは違います。二度三度読み返し、メモをとって作品の結構を考えていますので、いまは全体がよく見えます。

その第一が、野呂持ち前の文章の柔と剛、土地・風土と人間を見る目の曇りのなさによることはいうまでもありません。

しかし、ここで何よりふれておきたいことは、この作品全体が地の文からして敬語表現（尊敬、謙譲、丁寧語）をもって書かれていることです。この作品は、たとえば数人の人物を客観描写によってドラマを組み立ててゆく歴史小説ではなく、十五歳になる、砲術指南役の父をもった一人娘（志津）＝「私」のモノローグ体で描かれています。多元ならぬ一元描写体の語り。普通「私」で書かれると、その世界が狭く小さくなりがちですが、ここは敬語表現が、「私」の視点、立ち位置と心のそれを、実はさりげなく、しかし的確に示唆する効力を発揮している、といっていいでしょう。この敬語表現のことに言及した評を、これまでついぞみたことがありません。それはまた、自然（風土）と人間関係（とくに他者と身内）に、大小遠近の距離あるゆえに、快い緊張関係をも醸し出しているからです。

次の第三節（第一章は十九節によって構成されています。いつものように場面の転換は二行分の空白があるだけ。これに番号（ナンバー）を付して節と呼びます。以下同じ）の冒頭からの一部を引いてみます。

私たちは丘を下って平松神社の境内へもどった。吉爺は伯父上が採集した薬草類を縄でたばね、六尺棒の両端につるしてはこびやすくした。かなりの分量である。そこへ神主があらわれて私たちを座敷に請じ入れた。（略）

ありがたいことに平松氏は耳が遠く、大声で叫ぶがごとく話される。私が言葉をなかだちするまでもない。父上も大声を発された。

「これはみめの良い御息女をお持ちで藤原様はしあわせですば」

と神主はいい、私に年齢をたずねた。

「うけたまわったおとしよりずっと大人びておられるごたる」

平松氏は大げさに感心してみせた。すすめられた茶は濃くて舌も縮むほどに苦かったが山歩きでかわいたのどにはことのほかおいしく感じられた。伯父上は茶の種類をきかれた。裏庭で栽培している茶の木の新芽をつんで炒ったものだという。

「たっぷりと茶の葉を淹れるのがこつですたい」

城の辻にはどんな用事で、と神主はきいた。「城の辻とは……」父上は膝をのり出された。（略）

伯父上はうんざりした面持である。これでは話が長引くと思われたか、神主に茶の礼をいわれて先に帰ると申された。私に向って、

「志津、そなたは父と帰りんさい、わしは吉をかりるけん」

敬語表現にわざわざ傍点を付してみました。動詞を含んで「れる」「られる」の助動詞の尊敬表現ばかりでなく、「うけたまわる」「申される」など、謙譲語を含んだ記述表現に、べつに違和感があるはずがありません。ごく自然に、抵抗もなく読んでゆけるでしょう。ここで考えてみますに、仮に敬語表現が使われていなかったらどうだろうか、ということです。引用の部分でも明らかなように、自然と人間への親和感と敬語が一体となって表現されているので、読むことすなわちだんだんに志津（＝「私」）の目線で世界を見ていることになじんでしまって、いちいちの敬語に気づかなくなってしまうのです。これこそ作者の術中にはまったとでもいうしかありません。あらためていえば、志津の心の立ち位置は敬語表現がそれを裏打ちしているのだ――といえるのです。

右の引用の箇所には、主要人物のほとんどが出揃ってもいます。「伯父上」とは、志津の父藤原作平太の兄、雄斎の号をもった漢方・蘭方に通じた医師であります。「吉爺（きちじい）」は藤原家に仕える仲間（ちゅうげん）

（従者）です。この「吉よい」と志津に通常呼ばれている「吉爺」の存在は、志津（「私」）同等に匹敵するほどの人物として描かれています。だってですよ、この諫早の土地・風土に通じるばかりか、海にも船にも、夏にやってくる鯨の御し方、解体後にとる鯨油もわきまえた経験知の物主です。おまけに声がいいときている。この土地の「まだら節」を歌わせたらみんなが聞きほれるほどの……。あとで詳しくふれますが、これほどの魅力に満ちた脇役はちょっとありません。前に「曇りのない目」といいましたのは、こんなふうに最末端で働いている古老にもあたたかい視線が届いていることもさしているのです。

さて、もう一つ、引用のなかで傍点を付した「言葉をなかだちする」についても、前提としてふれておく必要があるでしょう。主人公志津に、この「なかだち」の役割を与えたことが、この小説作品の成功の要になりおおせていることです。つまり、こういうことです。父上は砲術指南役として石火矢の調練がたびかさなるうちに、どうやら耳をいためてしまわれたらしいのです。早い話が、「耳が遠い」状態、今日いう難聴の中期段階あたり。「よほど大声で叫ばないかぎり母上の声はつうじなくなっている」というのに、「どうしたかげんか私の声はきこえるのである。そのため、来客と応対するさい、私はなくてはかなわぬ者となっている」というわけです。

あるとき、鉄砲組の組頭、西村官兵衛殿の来訪の折――。

足のふみ場もないほどにとりちらかした書物を片づけて父上は客を請じ入れられた。

私は茶をすすめて父上のかたわらにひかえた。（略：時候の挨拶ほか）

役目のことゆえおり入って二人だけで話したい、と西村官兵衛は切り出された。

娘のことなら気にするには及ばない、知っての通り自分は耳が遠いから、娘がいなくてはかんじんの話をききもらすことがある、と父上はいわれた。自分が客人ととりかわす話は、内緒事であれ何であれ口外する娘ではない。

いい御器量で行末がおたのしみであろう、と来客はお世辞をいった。（十一節）

父（おや）と娘（こ）の間に、この絶対の信頼関係が出来上がっていること。「私」は父上のかたわらにあることで、広い世間の、とりわけ男どもの諫早藩内の組織や人間関係構図をも、とくと垣間見られる〝立ち位置〟を有しているのです。いわば父上の存在自体が「私」の、世界を知る開かれた窓になっている——こうした役柄を与えたことで、外で起きている世界が好悪いずれにせよ家のなかにも入り込んでくるのです。おのずと緊張ある空気の走ることがあるのです。

この志津の目こそが、作者野呂邦暢の目でもあるのは、いうまでもないでしょう。

その二、菖蒲

このとしになればとか、十五歳といえばもうだれも子どもあつかいにはしないとか、くり返しいわれるけれども、私にしてみれば自分が今年になってにわかに大人びたとはどうしても思えない。身も心も十四歳のままである。私はそう信じている。

しかし、単衣の襟もとからしのびこんで肌をくすぐる風、袖口から這入ってわきの下や胸をなでる風の快さは今年のものだ。路ばたに木洩れ陽をふりまいている樟の葉むれのなんというみずみずしい青さ。去年も同じ風に吹かれ、同じ樟の若葉を見たのに、あたかも初めて目にするもののようである。

何を見てもこのごろは気が弾む。きらきらと輝く路上の砂にたったいま水が撒かれ、黒と白の縞模様を織り出している。川面はいちめんにさざ波立ち、玻璃のような光を放つ。ありふれたものを見ているのに、この世のものとは思えない美しさをおぼえて、ゆえもなく私は胸をときめかす。（二節）

十五歳といえば、昔の男子は元服、女子（もう一、二年前）は裳着（もぎ）といって、いまでいう成人式を迎えます。ちょうどあなたのいまの年代と重なるといっていいでしょうか。いまのあなたがいちばんみずみずしい（「玻璃のような」）美しさのさなかにあることを、あなた自身気づいていないでしょう――と、いつだったか言ったことがあります。対して、あなたは自分が女であることがじゃまっけなんだみたいなことを口にしていました。女のくせに女らしくない、いっそ男まさりのところが、実はあなたの魅力かもね、とは何度かいいました。でも、あなたはれっきとした女です、それなのにいまが旬（しゅん）だということに気づいていない。こっちからすると、そこが歯がゆく、憎らしい。ジェットコースターなんです、女性は。いまのあなたは。あの、はじめはタンタンタンタン……とゆっくり頂に向かってゆくでしょう、そこがいまなのに、そのことに気づくか気づかぬうちに、あッという間に、ダーッと屈曲しつつ下降線に向かって落ちてゆきますね、あれ。

余談がすぎました。右の引用のところだけをみると、あるいは少女趣味的・情緒的とも思われかねません。しかし、こっちは年を重ねたものの、それゆえの一見この世のアタリマエの感触に、決してアタリマエでない、「ありふれたものを見ているのに、この世のものとは思えない美しさをおぼえ」ることはしょっちゅうなんです。

ここは伯父上と父上と、吉爺を連れた四人の伊佐早城跡探訪行です。志津にとってははじめての、野袴をはいて、遠眼鏡を肩にかけて、大人に伍しての山歩きの場面(シーン)の一節なのです。全身が感じやすい感覚細胞になりきったような十五歳の少女なんです。

朝、起きぬけに私は裏庭に行った。
きのう、平松神社の境内のすぐ近くをながれる小川のほとりにひとむらの菖蒲を見つけ、根ごと掘りとって移し植えたのである。裏庭のすみにほかよりは低い湿地があり、真夏でも土は黒い。持ち帰った時刻に花はしおれてしまったが、いまあらためると再び生色をおびてみずみずしい紫色で目をたのしませる。(四節)

ここが、「菖蒲」の出てくる最初のところ。

顔を洗うより早く裏庭の夾竹桃へ急ぐ。木かげに植えた菖蒲を見るのが朝の楽しみである。

槍の穂先に似た葉身が露にぬれてさ青に光る。一晩のうちにいちじるしく伸びている。掘りとって来たころとは見ちがえるばかりである。これは生粋の諫早菖蒲であると草木に通じている雄斎伯父はいわれた。

大村城の庭園で栽培されているのは江戸菖蒲だそうである。花びらが大きく一見はなやかであるが葉身に水がゆきわたらず、開いた花も一両日でしおれてしまう。伊勢菖蒲、肥後菖蒲、みな同じである。

ところがそれらの原種である諫早菖蒲は野生のまま手を加えられていないので、花びらは小さいかわりに葉身が大きく強く、少々の日でりにあってもしゃんとしている。花びらのいろどりはやや淡いが、江戸菖蒲のように一、二日でしおたれない、伯父上はそうおっしゃった。

「葉がまっすぐに突っ立っておる、そこがよかところたい」

私は一株の菖蒲が年をへて二株になり十株になり、この庭いっぱいをうずめつくすほどにふえる所を思いえがいた。梅雨晴れの空と同じ色をおびた青紫の花びらが開くのはさぞかし見ものであろう。（十節）

この節はこれですべてです。全体（「諫早船唄日記」第二章、「諫早水車日記」第三章）を読んだうえで再びここに戻ってみると、ここ一節で独立させている点でも、全体をも象徴しえかつ隠喩（メタファー）になりおおせているといってもいいでしょう。はじめの印象では「諫早、菖蒲日記」のつもりでいたのですが、この一節に出合うと断然、印象が変わります。すなわち「諫早菖蒲、日記」なんですね。一日二日でしおたれるヤワな江戸菖蒲（や伊勢、肥後菖蒲）とはわけがちがう。諫早菖蒲こそが野生かつ原種とあれば、単なるお国自慢レベルではない〝諫早人〟たるべきとは何か——までをも示唆している一節になっているところです。

「葉がまっすぐに突っ立っておる、そこがよかところたい」

伯父上はとうにお見通しなんです、諫早菖蒲は、志津、おまえのこれからの生き方に通じるもの、おまえの父上も堅物で融通のきかぬところがあるが、それは筋を通して過たぬ芯があるからだ——とはおっしゃっていませんが、そういう読みができるということです。諫早菖蒲は志津なんです。

ところで、実はあなたに見せたかった風景、というか光景があったんです。
地下鉄半蔵門線の表参道駅、ここはあなたが通っていた高校にゆくのに毎日利用していたとは聞き知っていましたが、駅を出てみゆき通りをまっすぐ行った突き当たりに根津美術館があるのはご存じでしょう。去年（二〇一六年）の五月でしたが、そこで「国宝燕子花図屏風」展として、館所有の尾形光琳筆純金地鮮やかな六曲一双屏風を眺めることができました。まさに草のつるぎのごとき緑の葉身の上に、紫の「燕」の子の尾に似た花が数えきれないほどたくさん、ただし屏風の左右に、まるで二つのWが上下の位置を若干ずらした形で描かれている。屏風を立平面として鑑賞するように展示されていました、そのほうがむろん全体がよく見えるからですが、本当はその六曲一双が文字どおり屏風そのものとしてWのごとく前後奥行きがある立てられ方をしていたなら、燕子花群落の花模様はいっそう鮮やかにリアルに迫ってきたはずなのに――。

そのあとで庭園を散策していると、燕子花の群落の見られる案内がありました。ゆるやかな坂を下って低地に降りてゆくと、百坪に満たないくらいの瓢箪型の池に、びっしりと紫色の花をいただいた緑あざやかな葉身の群落が出現したのです。紫というより藍との中間色の花の群れ――これは、梅や桜や山吹などの明るくはなやかな色とは違って、低湿地の目立たないところですっくと立って、己が分をわきまえたかのごとく地味な美しさを保っているな、と感じました。

あいつに見せたい、と思ったのも、考えてみるとあなたが紺や藍系の色の服を着ていることの多いのを思い出したから、だからでしょうか、「もっとふだん着の、カジュアルな姿が見たい」と、いつだったか口にしたことがありました。秋口でした、一転、ジーパンに白いTシャツ、背にうぐいす色のカーディガンをかけて現れたときは、別人かと思ったほどでした。

「美人は三日で飽きる。ブスは三日で慣れる、という古典的なせりふがある」

そんな言い方でしか、あなたは美しい、と言えなかった。

それはともかく、本題に戻りましょう。本題とはむろん「菖蒲」のこと。ただいま右に紹介した展覧会他の話は「燕子花（かきつばた）」のことです。ところで、「菖蒲」と「燕子花」と、見た目はそっくりでほとんど区別がつかないほどです。「あの、アヤメでしょ」といわれれば、「まあ、その仲間」くらいの返事しかできないほど。しかし厳密には異なるのです。詳しくは割愛、区別の仕方だけふれておきます。三種の、舌の垂れたような紫色系の花弁に白い一筋の入っているのが「菖蒲」、三筋入っているのが

「燕子花」、そして網目模様のついているのが「アヤメ」――と、ご理解ください。

いずれにせよ、二者を比較対照してみると、初暑に剣(つるぎ)の形で水辺に群生する点では共通するものの、「燕子花」はその葉身の幅が広いのに対し、「菖蒲」のほうは葉身が細長いうえに、強い香を有していること。かつそれが邪気を払う魔よけにも通じ、ゆえに葉を軒に挿す、風呂に入れるなどの風習も生んだのでしょう。決定的な違いは、「しょうぶ」が「尚武」に通じること、――なんだ同音異義語の言葉遊びじゃないか、とはいうなかれ、古来の言霊たる縁起を重んじる掛詞(かけことば)の世界に通底している〝花〟(植物)なのだ、というべきでしょう。これが五月(さつき)、端午の節句、武士の鎧人形を愛でる風習につながるのはいうまでもありません。

さて、「諫早船唄日記」(第二章)の冒頭は次のように始まります。

私は手桶に水をいれ、裏庭でつんだてっせんを持って河岸へ行った。(略)

樟の木かげに地蔵堂がある。

そこで手桶をおろした。柄杓で水を汲んで二基の地蔵尊にそそいだ。(略)しおたれた露草をてっせんとかえ、茶碗の水も新しくした。ぬれたよだれかけは鮮やかな紅をとりもどし、見るからに涼しげである。よだれかけはすぐに乾くだろう。てっせんの青紫が布の紅によく映えた。

(略)

川面をわたって吹いてくる風が私のうなじをなぶり、てっせんをゆらした。風はまた頭上にお

おいかぶさった樟の木の葉も五、六枚私の肩におとした。（傍点は引用者）

てっせんを、「手裏剣のような」といったのはあなたでした。うちの庭にアタリマエのようにあったから、という一言が、こっちにはアタリマエでなくとても新鮮に受け止められたことを覚えています。右の一節を読むと、書き手が表現しているものを超えて、読み手のなかにある類似かつ共通するものを喚起してやみません。

私は軒下にむしろをしき、野菊の花びらをひろげた。きのう、本明の城址でつんだ花である。たもとにもふところにも、つめこめるだけつめその他に手拭い一杯に包んで持ち帰った野菊であるが、こうしてひろげてみるとほんのわずかである。かげ干しにして生かわきの花びらを私は枕に入れるつもりでいる。父上にさし上げるのである。香りの高い枕に頭をあずけると日ごろの憂さもはれはしないだろうか。

（「諫早水車日記」第三章十節）

父（おや）と娘（こ）の、娘の父を思う、えがたくむつまじい光景の一端です。菖蒲にはじまって――、燕子花はついでのこと、てっせん、野菊というふうに、章が改まるごとに季節の花々が変わります。

「志津様、出て参れ」

庭に吉爺の声がした。私は障子をあけた。吉爺は空を見上げている。白いものが宙に舞っている。縁側をふんでいる素足がにわかに冷たく感じられた。

「今年の初雪は去年より七日おそうごんした」（第三章十三節）

その三、歴史

ある刃傷事件が報告されています。

これにふれることは、ひいては伊佐早の歴史的な立ち位置を考える手立てになるかと思われますので、かいつまんで——。

外国船がやってくる、洋式大砲に切り替えなければならぬ、とはいえ藩財政逼迫の折、佐賀鍋島藩は現銀を集めるため万人講をおこしたい由。だが、諫早藩の藤原（志津の父上）は、それは一時的な収入にはなっても根本的な解決策にはならぬ、と会合のたび反対をしていた、そんな矢先に起きた事件でした。

ことは安勝寺境内で、御蔵出入役野村六兵衛が佐賀から出張り（でば）の那方役人に刃傷に及んだこと。それは一体なぜなのか。野村は藤原同様、一貫して万人講に反対。佐賀鍋島藩の申し出を諫早の当主が認めておられる以上、詮方なしの空気があるなかで、お上のお達しであればやむをえない、と野村はいった。これに対して、「やむをえないとは何事か、陪臣の家来の分際でちょこざいな」と那方役人の一人が刃を抜いた。こらえていた野村も、もとどりを刃で払われたときついに堪忍袋の緒が切れて刀を抜いた。虎の威を借るアホ相手とはいえ深傷を負わせた以上、その責は免れない。結果は野村の切腹で幕引き。何らかの弥縫策が構じられたわけではない。むしろいっそう諫早の佐賀に隷属せざるをえぬ無念さのほうが際立つばかり。

「佐賀の武家がいかなる無礼をはたらこうとも、それに対して一切とがめつかまるまじく、と二百年この方お達しが出ている」

というのです。

諫早のここ二百余年のありさまは、佐賀鍋島藩から〝いいとこどり〟されっぱなし、搾取され、収奪されて〝ぐうの音〟も出ぬほどにいじめぬかれた歴史であるようです。たとえば取り上げられた領地は諫早でも米の出来が良い土地ばかり、水陸の要、交通の要衝は全部鍋島の飛び領となっている由です。

「諫早家にのこっているのは、耕すことのままならぬ荒蕪の地、湿地、米穀のみのりのすくない瘦せ地のみ」とあれば、百姓一揆の起きないはずがありません。はかない抵抗であれ、鎮圧されかねないのは承知のうえでも、闘うことに意思表示の意味があったでしょう。佐賀に召し捕えられて打ち首にあった町人、切腹を申し渡された百姓、さらに磔刑にあっても最期の最期まで「まだら節」を歌いつくした例があげられています。

いじめられっぱなしではない時代、二百六十余年前（戦国期のころ）には、一時であれ、諫早家の祖龍造寺の一統は、〝五州二島の太守〟と謳われた繁栄のときもあった。すなわち肥前、筑前、筑後のすべてと、肥後、豊前の大半を治め、あわせて壱岐、対馬を領したという。

「しかるにその後、秀吉公の九州平定によって龍家の所領は肥前一国と削られ、ひとまず本領は安堵されたものの、秀吉公は何かにつけて龍造寺家よりその臣鍋島家を重用されるようになった。鍋島家は主君ご幼少のみぎり、後見人としてまつりごとをあずかり、あるじが成年に達すれば返すという起請文を差し出していながら秀吉公の寵愛をたのみに、やがて主家を横領し、龍家を佐賀より伊佐早へおし込めてしまった。

いってみれば初代諫早の主、龍造寺家晴様は生国佐賀を追われて、やむなくこの地へ討ち入ったのであった」

討ち入った——というのは、それまで二百有余年にわたって諫早を領していた西郷氏がいたからです。この戦国時代の諫早での攻防戦であり交替劇でもある様相を、滅びてゆく西郷氏の側から描いたのが『落城記』(文藝春秋、一九八〇年)なんです。これも物語の語り手が若い武士の娘ですので、『諫早菖蒲日記』と好一対をなしています。姉妹篇ともいえるでしょう。これはまた別の章でふれることにします。

やや込み入った話が多くなりましたが、最後にもう一つ、志津の父上藤原作平太の出自はどうなのか。諫早家の第一代龍造寺家晴が、この地に封ぜられてから代々七十石をたまわってきたという。一六三七年(寛永十四年)、島原の原城に立てこもった耶蘇教賊徒を、豊前守茂敬とともに攻めて大いに手柄をたてた藤原左近、この人を祖とします。のちのいわゆる島原の乱の幕軍方に属したわけです。

野呂邦暢には、この島原の乱を書く構想のあった由を、中野章子氏の解説で知りました。島原と天草の農民がキリシタン信者と結び合って、圧政と不条理に抵抗する人々を描こうとしたにちがいありません。野呂の遺志は、実は飯嶋和一の傑作長篇『出星前夜』（〔小学館文庫〕、小学館、二〇一三年）によって、一つの雛型を見いだすことができるといっていいでしょう。

その四、料理

「くちぞこはならぬ、ぼらにいたせ」

母上が小声でいうものだから、下女のとらまでも声をひそめて、

「ぼらが揚っていませなんだら何にいたしましょう」

けさはちぬ鯛が揚がったと聞いとりますがの、と付け加えると、

「ちぬは高い、ぼらがなくともしば海老が揚っとろう」

――いきなり何の話かととまどわれるかもしれません。遠路はるばるやってきた客人（まれびと）を饗応するに、ご馳走の中身についての内証話のヤリトリです。

諫早家の家中でもっとも来客の多いのが藤原家とか。ゆえに「もてなしに何かと家の費（つい）えがかさむ」ので、やりくりが大変というわけです。江戸からの客人というのは米沢藩士渡辺主水。江戸で父上が砲術を学ぶのにお世話になった由、父上に客人来訪を伝えると、「ゆめ手落ちあるまじく接待申し上げよ」との仰せ、と吉爺が母上に告げています。（第二章一節）

さて、耳なれないくちぞことはどんな魚なのか。平目に似た下魚、腹は白く、背中は赤みがかった

焦茶色で、そのものが有明海の泥海の色でもある、と。志津が嫌うのは、その姿格好の「半びらきにした分厚い唇、世の中はこんなものだとでもいいたげなどんよりとした眼がせまい眉間の下で今にもくっつきそうに寄っており、とがった頭はそりたての月代に似ている」からだけではなく、「見るからに愚鈍そのものである阿呆めいた顔が諫早会所のだれかれを思わせる」からのようです。形無しですね。じゃあ、ぼらはどうなんだといいたくもなりますよね。辞書にあたると、ぼらははじめはオボコ、メラ、ボラ、トドと名の変わる出世魚のこと。漢字では「鯔」と書いて「とど（ぼら、も）」と読む。出世の最後が「とど」なので〝とどのつまり〟という言葉が生まれたようです。何より卵巣が「からすみ」の原料として珍重されているのでもわかります。先の客人は「初めてわが家へお越しのせつ召し上られたぼらをことのほか気にいられた」とのこと。むろん刺し身ででしょう。江戸（東京）では、ほら、ぶり（鰤）が、はじめはワカシ、イナダ、ワラサ、ブリと名称は変わりますが、変わるごとに脂がのって刺し身としてうまいですよね。

あなたは若いのに、あまり肉を食べない、むしろ魚のほうが多いといっていました。そりゃあ、そうでしょう、伊豆の海辺で生まれて小さい頃からとれたての魚が食卓にいつもあったというのですから。そのせいでしょうか、あなたの体そのものが肉感的というより〝白魚のような〟やや細身のスタイルたるゆえんは――。氏より育ち、食生活に一つの原点があるのは確かです。

食生活といえば、今日、専業主婦という存在がなくなりました。「男女雇用機会均等法」が施行されてからいっそう、女性の社会進出が進み、女性が男性に伍して外で働く、能力があれば役職や指導者として上に立つひともアタリマエになってきています。そうなると、従来のような結婚期が上昇するだけでなくそれ自体無効になってくる。近年では男女とも結婚しない人が増えてきています。あなた自身いいましたよ、恋愛ってめんどうっちい、と。仮に恋愛して、好きなひとに出会ったとしても、その次に結婚へなんて考えもしない、とも。そうだから少子化ばかりか高齢化がますます進み、世の中の活力が鈍ってゆきます。——食生活のことでした。いまや家庭で天麩羅やトンカツを揚げるとか、ギョーザを数十個も作るとかはとんとないようです。みんなお惣菜屋やスーパーマーケットでできているものを買ってくるのだそうです。

私の小さい頃は——一九六〇年前後（昭和三、四十年代）の茨城の田舎のことですが、母親が全部、何でも自家製でした。鰹のでっかい一尾も、出刃でみごとに三枚におろして、骨だってムダなくスープにしていました。伯父の家で飼っている鶏をいただいては、毛抜きされた一羽丸ごと、テバもスナギモもレバーもハツも上手にムダなく捌いていました。背骨や足は野菜の残りカスを入れてスープに仕立て、一切すべてムダなくつかいきるのでした。ですから私の好きな母の作るポテトサラダは、出来合いのマヨネーズでなく、卵黄と酢と油と塩を加えて味を自前でととのえるものでした。あとはジャガイモとニンジンのゆでたところに塩もみの胡瓜をまぶして出来上がりです。

以上、つい無駄口ばかりたたいてしまいましたが、それというのも「諫早水車日記」（第三章）の三節に、次のようにあってびっくりしてしまったからです。

「わが家へ帰りついたとき、吉爺は裏庭で薪を割っていた。とらは碾臼で小麦をひいていた。ちかく藩の鉄砲組方の面々がわが家につどわれる。その折に供するうどん粉をひいているのである。毎年、秋になると火術方石火矢方の物頭組頭格の方々がわが家で寄り合いを持たれるのはしきたりであった」
時代も格(レベル)も土地もまったく異なるものの、この一節を読むと、町内会の集会をわが家を根城にしておこなっていましたが、そのときに合わせて自家製のうどんをご馳走していたのを思い出します。それが多少〝評判〟でもあったんです。私の役目は、ビニールにくるんだうどん粉の山々を何度も足で踏んでこねることでした。

今回の藤原家での寄り合いは、例年と少しばかり意味が異なっていました。諫早藩の砲術指南役は長く「父上」が筆頭人だったのに、ここに至って荻野流の西村官兵衛にとって変わることになった、当然「父上」は次席と格下に。背景には津水の鯨分限者（金持ち）が諫早藩に現銀を融通するについて、西村側の老獪な策略がはたらいていたようです。秋口からの「父上の気の病」もそのあたりにあるのでしょう。

そのことを知らされた「母上」は、こんなふうに詰め寄ります、でしたら恒例の寄り合いをなぜ西村家でなさらぬのか、これまでは吉田流の藤原家が筆頭ゆえにわが家でつとめて参ったのに、と。宴席にはうどんのほかに酒肴も賄(まかな)わなければならない、そのための準備金が出るわけではないので自腹を切るしかない――。考えてみると、この言葉そのものが武士中心の世に生まれたものといえるでしょう。寄り合いは従来どおりにせよ、と実は諫早藩当主の藤原家への体面をおもんぱかってのことと解せよ、「父上」はそうおっしゃる。「母上」は、さてしばらく考え込んだのちに、こう応じます。
「武春様がさようおぼし召しであれば私にも覚悟がごんす、宴を張りましょう。例年より栄耀をつかまつりましょう」

栄耀はぜいたくのこと。つづけて、

「料理のこと私におまかせあれ、おりもおりとてしわい膳を供しますと西村殿はいうに及ばず他の方々にもあなどられまする、今や豪気を見せずばなりませぬ」

豪気とはまことに「母上」の勝気な気性ゆえの言葉ではありますまいか。「しわい」は「吝い」のこと、ケチな、しみったれたの意味です。

さて、では、その豪気な料理とはどんなものかをぜひとも紹介しておきたい、というのがこの章の目的だったのです。

母上が麦粉をこねら(ヽ)れ(ヽ)た(ヽ)。

私は麺棒でそれをたいらにのばし、庖丁で切った。手打ちうどんの秘訣は、一にこね具合、二にだしというのが母上の口癖である。こねすぎては固くなり、こねが足りなくても引きがわるいという。だし(ヽ)は昨晩のうちに昆布と川海老を煮こんでとら(ヽ)れ(ヽ)た(ヽ)。狸肉の味噌漬、泥鰌汁、うどん、香の物、物頭格の面々には泥鰌汁のほかにもう一品、うなぎの蒲焼きがつく。吉爺は酒を買いに走った。澄み酒を大徳利で三本もあがなったので、そろえてくれる酒粕までは同時に持ち帰ることもかなわず、いったん徳利をはこんだあとで酒粕をとりに戻ったのであった。(第三章五節)

手間暇を惜しまず、すべての料理を自前で用意万端調えるのです。この時代の〝専業主婦〟ではありますが、近代のそれとは、前提も格(かく)も器(うつわ)も違います。「狸肉」は、「母上のおいいつけ」で志津と吉爺が狸狩りにいってとったモノを、とらが味噌漬けに。「泥鰌汁」は、吉爺がとれない鰻のかわりに泥鰌をざるいっぱいとってきたモノ。

身近に手に入る食材でやりくり算段しながらも、精いっぱいのもてなしをする食の光景が正確にかつ丁寧に描かれているのが、大変に好ましいことです。

その五、伯父

「男まさりの志津とも思えん、門口に立っとるのを見て、初めはどこの御寮人かと思った」

女性は、ことに若い頃は「男まさり」であるくらいのほうがかえって魅力があるものなのだ、と私は経験上そう思います。あなたにもそう言いました。こう書いていますふいと思いました、「男まさり」の対義語はきっと「女々しい」だろうな、と。早い話、「志津」をあなたに見立てて、いや、あなたを「志津」に重ね合わすようにして、いつの間にか読んでいるのに気づいて、ですからこうしてあなたへの手紙として書いてみようと思い立ったのでした。

それはともかく——、雄斎伯父の右の一言は、その伯父から佐賀土産としていただいた矢絣の反物から仕立てた着物を着て、伯父上宅の薬草園をたずねた折のこと。矢絣がよく似合う、いちだんと娘らしくなった志津のことです。

伯父は漢方・蘭方に通じた医師です。志津の父藤原作平太の兄、すなわち長男、であれば藤原家は伯父が継ぐべきはずがそうでなく、次男の作平太が当主となるには、そうなる経緯（ゆくたて）があったのでした。

十二歳の夏、食あたりをこじらせて病の床に。諫早はもとより、佐賀、筑前の医師にかかっても快癒せぬものが、長崎出島の蘭館のオランダ医師の手立てで回復へ。これが将来医師をめざす契機になられた、という記述をみると、これればかりは今も昔も変わらないようです、だってわが友人知人の二人ともが同じようなキッカケで医師への人生航路をめざしましたから。

一方、弟たる「父上」は数理に明るかったゆえ、祖父が殿様に願い出て家督を弟に譲ることを許されたのだと伝えています。ともに諫早藩につかえながら、弟はとくに火砲術指南役の立場に近年苦悩が絶えない。外国船がしょっちゅうやってくる新時代に、古いものから新しいものへの切り替え方策が藩の財政と人間関係からなかなかうまく進展しえない。そんな板挟みから気の病になるほどに。兄すなわち伯父はというと、医師という身分が武士中心の階級社会ではどこかアウトサイダー的な自由な立ち位置を確保できている存在のようにみえます。以前に、佐賀城下の豪商の娘の病をたちどころに蘇生させた実績と評判が、それを後押ししているといえます。あの刃傷事件のさいも、切られた佐賀藩士の手当てをして尽くしたのも伯父だったのです。

「父上」の気の病が高じて先行きの心配のあまり、「母上」は志津を連れて伯父のもとに相談にまいります。その折のことが第三章（の三節）に出てきます。

「於ふじ殿、その銀子、私がいう通りに用うれば十倍にも二十倍にもなろうぞ、そのおりに返済のこと考えて苦しゅうない」

「十倍にも二十倍にも。はて心得ませぬ、佐賀の万人講でも求めるのでありますか」

> 母上はますます腑に落ちない面持ちをなさった。伯父上は笑って何もいわれない。家の内証が楽になれば指南役としての気苦労も軽くなろうとつぶやかれただけであった。（略）雄斎伯父が諫早家からたまわっているのは、二十石である。父上に下しおかれるほぼ半分にしかあたらない。もっとも夏の禄引きをこうむって三十石そこそことなってはいるが、それでも伯父上が拝領する禄より多い。しかるに伯父上はわが家が買うを得なかった矢絣を佐賀の呉服屋でいとも気やすく求められ、私に与えられた。伯母上がさきほど召しておられたのは絹の袷長着であった。絹ものは享保のころから身につけることはきびしく御法度のお触れが出ている。伯母上は家の中だけで着て、外出のおりは着換えられるのだろう。伯父上につかえる小者も、伊矢太のほかに薬籠かつぎ、下働きの女、薬草園の世話をする下男など合わせて五人はいる。

弟一家の事情や家計（やりくり）を案じるばかりか、渋柿をもぎとっておくよう指示もしています。「藤原家の柿が渋かればその他の柿も渋かろう、銭を払ってでも手に入れるように」と。のちにこれは武具職人にまとめて売られたもよう。こんなふうに先見の明といいますか、知恵袋的存在でかつ問題解決能力のすこぶる高い賢者の風格さえそなえているのが、伯父なのであります。

「父上が倒れられた」

第三章十一節は、いきなりこの一行で始まります。前後の経緯は略しますが、「志津、私は吉をつれて金谷久保に走る、父上をおそばでみとることとしっかりとたのんだ」——こうしたいざというときに頼りになるのは、やはり伯父なのです。

伯父上は父上の上体を両腕でしっかり抱きかかえておられた。

「水を、水とあの薬を」

と伯父上は私におっしゃった。私はあずかっていたオランダわたりの高貴薬をふところから出した。父上は苦しそうに呻いて体をもがかれた。母上が水を汲んで来られた。茶碗のふちが父上の歯に当って中身の大半は胸もとにこぼれた。

「志津、おちつけ」

雄斎伯父に大声で私は叱られた。茶碗を持った私の手が小きざみにふるえていたのであった。

(略)

「於ふじ殿」

雄斎伯父は母上に目まぜをなさった。

「志津、縁に出ていよ」

と母上はおっしゃった。私は縁に出て、細目にあけた障子の間からのぞいた。母上は茶碗の水を口にふくんで、父上に顔を寄せ、口移しにのませられた。ころあいを見はからって、私は父上のおそばにもどった。

その六、吉爺

一介の仲間（ちゅうげん）にすぎない吉爺の存在を、どのように表現したらうまくあなたに伝えられるかな、と思案しているところです。この作品を読んでいる間中、常に控え目な脇役にすぎないのに妙に存在感を発揮して印象深いのが、吉爺なんですね。仮に現役の映画俳優にたとえてみると笹野高史や柄本明に近いでしょうか。わかるかな？　老優ですが、トボけた耄老（もうろう）ぶりも経験知豊かな賢人ぶりも、いずれも絵になる役者です。

仲間の見本のような人物です。何しろいろんなわざを身につけている。たとえば、江戸から主人の客人が来訪し、一泊ののち長崎へゆくという晩、客人のための三足もの肥前草鞋（わらじ）を綯（な）って差し上げるのです。諫早湾に鯨がやってきたといえば、昔取った杵柄でたくさんの船の先頭立って采配をふるうのです。藤原家で寄り合いがあるといえば、狸やうなぎやどじょうをとりにゆき、御主人の書見や書き物のための灯りに鯨油を仕込んだりもします。雑用といえば雑用、そのための下働きなんですけれど、何でもござれ、みごとにこなすんです。鴨猟、雉撃ちでも脇を固めます。

ときに、この地方の「まだら節」（民謡でしょう）を歌わせたら右に出る者はいないといわれるほど、声もいい。江戸からの客人が再び長崎からこっちに立ち寄った折も、吉爺の「まだら節」を聴いて、とりわけこんな一節（ひとふし）に心を奪われたようです。

――風どんが物いうたろば言（こと）つけどもしゆうらえ、
　風は空吹く物いわん。

　この歌の一節があたかも時代の風であり、客人や吉爺や、この藤原一家に吹き荒れている風のようにも感じられます。十五歳の志津の心のなかにも、執行直治郎へ思いを寄せる恋心が、それだっていままでになかった新しい風といえるでしょう。

　ところで、ここからは吉爺をめぐるまことに興趣深い一場面を紹介せずにはいられません。ミステリー作品ではありませんから、本篇のここぞのサワリを明かしてもかまわないでしょう。未読のあなたに、ここを見逃さないで、というつもりです。

　第三章十節のところ、先にもふれていますが、伯父上が指図された柿渋のその後の処置について、志津が吉爺に確認を強います。

「吉よい、伯父上は柿渋を武具職人に売られたのであろう」

　というと、吉爺はうろたえたと記述されています。自分がそういったとご主人に告げてもらっては困る、とも。つまり伯父の企みははなから御法度破りなので、一切が内密に執り行われなければならなかったわけです。十倍にも二十倍にもと、先にあったのもこのゆえでしょう。


「吉やある」

　父上は大声で呼ばわれた。足音も荒く縁側をふみ鳴らし、厨の板じきに仁王立ちになられた。

吉爺はあたふたとやって来た。父上の足もと、土間に膝をついて「おん前に」といった。

歴史小説の骨法というべきなのでしょうか、右のように古文表現があることで、一場面を緊張感あらしめます。「吉はいるか?」ではなく「吉やある」と係り結びの疑問の形をとった締まった効果ですし、「おん前に」という一言も、それそのものが主従関係のありさまを端的に表しています。


「汝は志津に根も葉もない虚言を申した」

「はて、吉めは……」

「寄る年波でもうろくしたとはいえ愚にもつかぬたわごとを志津の耳に吹きこんだとぞ、主家の迷惑を思え」

父上はどんと片足で板ばりをふみ鳴らされた。吉爺は何のことで叱られているのやらさっぱりわかりかねると抗弁した。


つづけていささか誇張ぎみの罪状を列挙、吉爺はひたすら平身低頭、嵐が過ぎるのを待つように、

「これまでの働きにめんじて手討ちはゆるしてとらす、たったいま出てどこぞと失せよ」

「……」

吉爺はいきなりの手厳しい処遇に声も出ません。そのとき、遅ればせに「母上」が奥から走り出てきて、この場を何とか穏便に収めようとします。爺は謝っているのだから、どうか許してやってくれ

と「父上」にとりすがります。


「ならば放逐はゆるしてとらす、わが家において骨を砕け」

「かしこまりました」

吉爺は平伏した。

「とらはおっつけ嫁にゆく、吉はますます励まねばならぬ」

「かしこまりました、吉めは……」

「吉やい、汝に女房をめとらす」

「かしこまり……、いま何と」

吉爺は顔を上げた。

「女房ともどもわが家につかえること」

と父上はおっしゃった。

「はあ、かかともども粉骨いたしまする、吉めはお叱り性根にしみました」


もう説明はいらないでしょう。「父上」と「母上」の吉爺の行末を案じての〝狂言〟であったわけです。こうでもしないと、いまさら女房はいらないという吉爺を屈服させるのは難しかったからです。いうならば主人側の精いっぱいの懇篤な〝仕打ち〟だったわけです。

おそらく誰しもが、はじめて読むとき、誠心誠意仕えた者になぜにこんな虐待をするのかと誤読をしかねないほど、巧みなハッタリにハマってしまいます。注意深く読めば、「父上は母上と何か相談ごとをしておられた」と事前に含みをもたせた表現をしてい、〝狂言〟のあとでも「父上は母上に目くばせをなさった」とあるので、得心がゆくわけです。

吉爺の額を叩いて、

「これはしたり」

とつぶやいた、というのも面白い。ここでの「したり」も、いわゆるしたり顔のではなく古語の文字どおりの〝しまった！〟、うまく嵌められてしまった、というわけです。

一介の仲間にすぎない吉爺に、豊かで魅力的な人物造形を与えた作者の愛情を改めて覚えます。吉爺は地味なのに粋なんです。

11　未読のあなたへの手紙II——『落城記』

「あれは忘れられない映画でした。たった一回見た映画なのに、全部が、何かこう、映像のシーンの一つ一つがすべて頭のなかに焼き付いちゃったっていう感じ——」

「ほんと、あれは見たかいがあった。なーんも期待せずに、ふいに、ブラッと入っちゃたんだよね」

「さんちゃ（三軒茶屋）の映画館。家からそんなに遠くないのに、入ったのはじめてだった。いまは閉館に」

「われわれ入れて、観客が十人いたかどうかだったからな」

「椅子もブカブカ、ちょっと低すぎで」

「何も知らずにブラリと入った映画に、思いもかけずひどく心動かされる体験を、ぼくは何度もしてる。あれもその一つ」

　そんなヤリトリを思い出したのも、そのとき（一昨年の夏のこと）、

「あれは、あの聖子って、わたしのことだわ、って思ってみてたの」

　そう、あなたが言ったからです。こっちは、あなたが感じていた内面の問題（?）とは別に、梶芽衣子、どこか斜に構えた、不敵な面構えと長い髪の魅力が、じわじわと、だんだんに生まれてくるよ

うな演出、描写に唸ってしまったのでした。

「ほんと、なんだかあなたが梶芽衣子に見えてきた」

「やめてください、そういう言い方」

「横顔なんか、そっくりだぜ！」

あの映画は一九七四年、梶芽衣子二十代の前半、いまのあなたと同じ年頃。あれから四十年以上もたっている。そのときは口にしませんでしたが、私とほとんど同世代の女優さんでしょう。

ところで、その梶芽衣子と逃亡する男が渡瀬恒彦（渡哲也の弟）だったんです。一九四四年生まれとありますから、あの映画のときは三十、でも、もっと若く見えました。その渡瀬が、今年（二〇一七年）三月、七十三で亡くなりました。池袋の新文芸座では「追悼・渡瀬恒彦」として十一日間に及ぶ特集を組みました。そのなかにあれがあったんですよ。あの『ジーンズブルース 明日なき無頼派』（監督：中島貞夫、一九七四年）が――。

ギョッとして、何としてもその日の都合をつけました。――五人のはぐれ者同士の争いからまんまと五百万の現金を横取りできた男（渡瀬）が、逃げる途中で車同士接触事故を起こしてしまうのです。相手というのがバーのママ聖子（梶）、男の軛（くびき）から逃げ出してきたらしい。美貌なのに感情を顔にも態度にもあらわにしない、ニヒルな、いかにもいわくありげな女。男は懐ろがあったかいから、二人でいっときの豪遊（アヴァンチュール）の旅に出ている気分、女に革の上下のスーツを買ってやる。男はつい女をモノにしようとするが、女は冷たく拒絶。自分のいいなりにならないもんだから業を煮やしてモーテルから外に。飲んで帰る途中、高架の横断歩道で老人とぶつかった拍子に、懐ろの札束を天上から下界にバラ撒いてしまう破目に。花びらのように頭上から降ってくる札の花に気づいて、路上の車は次々に止まり、ドアから出てきた人々は降る札を躍起になって求め争う。にわかに車は渋滞、警察沙汰になったのを振り切って、再びあらたな逃避行が始まるというわけ。一転して無一文になってしまうわけです。それとは知らぬ仲間の連中の追撃もはげしく、男と女は某駅の国鉄（当時）のコンテナに逃げ込んで難を逃れたものの、外からコンテナに錠がさされ、ブルドーザーで貨車に積み込まれて北国のどこかに運ばれてゆく。こうなると完全なロードムービー。あとは野となれ山となれ。コンテナからはじき出された二人は北国の人けのない湖で鳥打ちをしている男の散弾銃を奪い、賭場を襲って現金を強奪。殺人も一人や二人ではない。歯止めがきかず、エスカレートするばかり。男には実はたった一つのこだわりがあった。北国の郷里の妹が頼るものもなく苦労している。あいつに楽をさせてやりたい――妹思いの兄の心情の根っこなのだが、手にした金は血染めのもの。不浄の金でもないよりはいい。ところが、妹の兄への苦汁の訴えは、実は男と遊ぶための狂言なのだった。それと知らぬ兄は妹に連絡して谷間の小屋で落ち合う約束を伝えるのだが――、そのときはすでにこれまでの悪業が露見して、地元の偵察隊と警察に完全包囲されて逃げ場もなくなっている。とうに仲間の連中はかぎつけて男に手痛い傷を負わせている。女は男を介抱しながら、迫りくる警察の勢力に手持ちの散弾銃で最後の抵抗をする。警察の間接攻撃に、女は容赦なく銃をぶっぱなし、二人三人と橋上の相手を撃ちのめす。するうち、狙撃隊の銃の一発が女の額の真ん中を射抜いた途端、ここから画面（スクリーン）はスローモーション像と化してゆっくり女が仰向けに斃れてゆくのである。

長々とストーリーを追ってきたのはほかでもない。男と女の二人は、ある時点で破滅に向かって突っ走っていることを自覚している、それと悟っているから最後の最後まで抵抗して倒れた。これは二年前（一九七二年）におきた浅間山荘事件を背景ないしモデルとしている。そこから思想問題（？）を抜いたものとして。もとよりこれは映画（フィクション）である。凶悪犯罪以外の何物でもないのに、窮鼠猫を噛むのごとき追い詰められた人間は何をしでかすかわかったものではない。ただ悪のなかの一点にも純（ピュア）な愛情のほとばしりだってないわけではない。――いま頃になって、ふとあなたがもらした「あの聖子はわたしのことだ」といった言葉が思い出されます。思い当たることも解釈もできますけれど、ここではあらわにはしません。むろんあんな生き方が現実にできるはずもないけれど、窮極の愛って何なの、と考えると悪人正機説の世界を抜きにしてはありえないと思います。映画や文学でしかできないこと、すなわち反現実の仮構（フィクション）を抜きにして制度的秩序の現実を撃つことはできないのです。「明日なき無頼派」というのは副題で、正しくは「ジーンズブルース」です。私はこの映画を現代版〝落城記〟として見ていたことに、あとで気づいたのです。

「落城記」も、前章の「諫早菖蒲日記」と似て、十九になる城主の娘の語り（モノローグ）ものという体裁をとっています。いまのあなたの年齢にぴったりというか、大学はさらに上に進むのか就職するのか決めかねていると言ってました。そんなあなたが「落城記」をどう読むか、ほんとは読後感をもとに話ができればと思っているのですが、肝心の本が手に入らなくては仕方ありません。言い遅れましたが、文遊社という出版社から「野呂邦暢小説集成」（全九巻）が年に二冊というスローペースで現在刊行中なのです。その「五」に右の二長篇が集録されていますので、この手紙を書き終えてあなたの手許にとどく頃には購めて読んでくださると好都合です。多少値の張る一巻（三千六百円）ですけれど。「落城記」はそのタイトルに明らかなように、亡びゆく一族の末期を身をもってかつ冷静な熱情をもって見聞した体験記という仮構（フィクション）であります。「諫早菖蒲日記」は幕末が背景でしたが、「落城記」はそれより二百数十年前、秀吉の九州平定時代の頃。伊佐早の地を二百年余にわたって統治、それも善政をしいてきた西郷氏は、秀吉の島津征伐に参陣しなかったばかりか恭順の態度さえも明らかにしなかったために、秀吉は佐嘉（佐賀）の龍造寺氏にその領土を与えてしまうのです。権力者の横暴としかいいようがありません。余計もん（西郷氏）を排して、おのれのもん（龍氏）とするがよい、というのですから、その交代劇が平和裡に遂行されるはずはありません。当然、西郷家は、圧倒的な軍事力を誇る龍氏に対し、では、勝てないまでも負けずに一矢を報いるとはどうすべきことか。そのこまごまが正確に丹念に描かれているんです。その悲劇的運命が、その亡びゆく人間のありようが、しかしかえってイキイキと緊張のなかに蘇生しさえするのです。

その一、於梨緒（おりお）と七郎

――せめて七郎さまが於梨緒さまの半分ほども豪気であられたら……

――いかに次男坊とはいえ、七郎さまの女々しいおふるまいはなげかわしい。於梨緒さまが七郎さまで、七郎さまが於梨緒さまであったら良かったろうに……

（二節。例によって二行空白が場面の転換、そこに番号を付して引用ないし解説する。以下同じ）

前章の「諫早菖蒲日記」同様、「落城記」も女性——今回は十九の娘の目がとらえた、生きて生活している高城の内側が丁寧に描かれています。ともに姉妹篇と呼ぶにふさわしいでしょう。今回のほうが年齢も三つ四つ上回っているせいか、姐御肌の、すべてで己が意思で即断即決してゆく、それのできるのが於梨緒なんです。勝気で、負けず嫌いで、男まさり——の若き女性ほど魅力に富む女はいません。それは前にも言いました。現に「落城記」の冒頭のシーンからして、城主の娘が馬を駆って一里も離れた金比羅岳にゆき、土中の山芋を掘り出すところから始まるのですから。何でまた山芋なのか——といえば、ほかならぬ七郎兄のため、その蒲柳の質ゆえ、滋養強壮を思うがため、なんですね。兄妹といっても兄は嫡子ですけれど、「わたし」於梨緒は妾腹の子。七つ八つまでは一緒に暮らしていましたから兄妹の絆は強いものがあります。大きくなればなるほど、七郎は武士の子にはそぐわぬ、謡や笛やをたしなみ、史書をよく読み、古今の歌集を開いて自らも歌を詠むなど学芸に秀でたタイプ。平安貴族にあこがれたところで現実はみなが戦の準備をしている存亡の危機、なのに一人御書院に〝ひきこもり〟の日々。わずかな回路は、幼き頃からずっと学問と和歌を教えてきた天祐寺の泰雲和尚くらいのもの、そして「わたし」——。まことに、腹違いの兄妹とはいえ、かくまで男が女っぽく、女が男っぽい真逆の例もない、と冒頭の引用のように噂や世間はいうものなんです。しかし、実は真逆でもなんでもなく、男が女々しく、女が男まさりというのは洋の東西を問わず、一つの典型なんです。とうに平安貴族の学あるひとはそれに気づいていたからこそ『とりかへばや物語』がれっきとして存在るわけです。平安ならぬ平成の世も、女性のほうが男どもよりイキイキと強いのも、世の中が物質的に豊かであるからです。『とりかへばや物語』では、女が男として、男が女として性を取り換えて育てられた姉弟（きょうだい）の物語です。二人は別々の場所で育てられ、のち互いに魅かれ合うという運命的出会いが用意されています。いまのジェンダー（gender）の問題が、すでに平安の期にあったわけです。

　ひるがえって、この手紙の宛先たるあなたは女姉妹（きょうだい）でしたね。お姉さんは海外に出て前はオーストラリアに、いまは中国で通訳の仕事をしていると聞きました。男まさりのというほどではないけれど父親似だ、と。女二人姉妹（きょうだい）というのも、どうやら両極のように割れるのでしょうか。あなたは明らかに母親似、一度お母さまにお会いしたとき、あなたの端整な面差しは母親譲りなんだと思いました。この議論は見かけのことだけではありません。その風貌も肉体も姿形も、もちろん頭脳の仕組みも、全部二親からいただいているもので変えようがありません。ということは見かけは父親似とか母親似とかいいますけれど、内実は両方をいただいているのだというべきでしょう（以下、要約して引用）。


「梨緒は今夜、母にしたがって城を出よ」

父上に呼ばれて本丸の三階に出向くと、いきなりそう申し渡されます。耳を疑います。

西郷家の血筋を絶やさぬこと。明日か明後日には戦になる。おまえがついていれば、母上たちも七郎も安心だろう。七郎さまは男衆ではごんせんか。いや、あれを城に残しても役立たん。かえって足手まといだ。

「しかし、わたしはいやでごんす」

於梨緒はそう言うと同時に、帯の間から懐剣を取り出します。抜いて、短刀の柄を父上に差し出します。「今生のお願い」と叫んで。

「於梨緒どんは勝ち気じゃのう。いや、あっぱれ。せめて家老衆が於梨緒どんと同じくらい肝がすわっていたら、いくさの仕甲斐があるのにな」

天祐寺（西郷家の菩提寺）の泰雲和尚がのっそり現れて言います。

「大殿、於梨緒どんは厭じゃと申される。城に残りたかというてござる。この女性、男にうまれていたら一国一城の主になれたろうぞ」

「諫早菖蒲日記」では吉爺の存在と役割がとても大きかったように、「落城記」でも、常にそばを離れぬ権助という爺がいます。山芋掘りに行ったときも同道、――姫は馬を駆るのに爺は走るんですね、その韋駄天ぶりに驚きます。このときの外出は内緒のものだったのですが、あとでそれと知った服部左内（父上の腹心の部下、於梨緒の恋人）が権助を叱りつけます。「お嬢さまのひとり歩きはげんに禁じられておることを聞いていたであろう。（略）龍造寺の間者が野にも山にもうろついているのを知らんのか。万一のことがあれば、きさまが皺腹をいくつかき切っても申しわけたたん。この不忠者」――こう叱るのも、実は面と向かって「わたし」にいいにくいことを、権助にいうふりをして鬱憤を晴らしているんです。のちに、その権助に「わたし」は山芋がたしかに七郎のもとに供されたかどうかを問うています。しかも「わたし」からだとわからぬように、と。つまり妹の兄の容態を心配するあまりの行為であると知られたくない、そんな心配りなんです。その折の御膳奉行はたれかと聞くと「服部右京さまでごんす」と。権助は「わたし」をうかがい、目が合うやたちまち逸します。右京は左内の弟、兄の左内と於梨緒との心のつながりをよく知っているからです。ところで、弟の右京とはどういう存在かというと、兄に似ず武芸が苦手、弓も鉄砲も槍も、何をやらせてもダメなので、しょうことなしに納戸方へ回されて壁塗奉行やら味噌奉行やらを、そしていまは御膳奉行というわけ。この男兄弟もタイプが両極、兄は武芸に秀でて雄々しいのに弟は反対、暮らしのこまごました振る舞いのほうに巧みときているのです。これが世の真実発露というものでしょうか。一見アタリマエのことほど謎（ミステリー）なものはないと思います。

さて、その兄左内が、ゆうべのことです、

「今生の願い……」

とうわずった声で於梨緒を抱いています。籠城を一手に采配する男の、最初で最期の愛する女への振る舞い。先の於梨緒の「今生のお願い」と、左内の「今生の願い」とは、同じ言葉が実は男女それぞれに命を賭けた覚悟の思いを託したものとして響き合うのです。

その二、籠城と兵糧

龍造寺家晴が攻めてくる。

二千五百余騎をひきいて佐嘉を発し陸路から。海からは本家の加勢内田肥後守が千余の勢をひきい、兵船五十艘をととのえて佐嘉の会津から船出する。合わせて三千五百余り。対する西郷家は千にも満たぬ。鉄砲の数とて敵はこっちの十数倍。こんな状況と事実を知れば、ひるむ連中が陸続と現れるにちがいない。早々と一家老や一族が城を抜け出してもいる。多勢に無勢、衆寡敵せず——とは、あたかも西郷側のためにあるような言葉である。

しかし、にもかかわらず戦わなければならぬ。勝てぬとは承知していても、敵に一泡も二泡も吹かせて、伊佐早の地が正統は西郷氏をおいてほかにない——の意気と負けじ魂による抵抗を、自他ともに示さなければならぬ。

ここに、なぜ籠城するのか、と、籠城とは何か、という二つの問題がある。「落城記」で、当然にも問われなければならない命題である。前者は、籠城してでもなお守るべきものが目の前に見えてあるのかという問いと同じだとすれば、それこそは思想の人格的中枢たる西郷氏（「父上」）のこれまでの治政そのものが問われていることでもあるだろう。もとより武士（もののふ）たるものの倫理的な美学（思想）なくして、千に満たぬとはいえ、下々の足軽から厨で食事を任う下女たちの心を一つにすることはできない。

七節では、「父上」を中心（議長）とした五人、すなわち西郷信尚（長男）、服部左内、芦塚主膳、宇良順征、遠岳忠堯の若手、さらに家老原田備前守を加えた七人で評議がおこなわれています。ここではかかって後者の籠城とは何かが中心になります。左内がかつて学んだ「孫子」の兵法書を引いて、「籠城のための五つの条件」を口にします。

①上下心一つに対敵
②後詰（ごづめ）＝援軍のあるなし
③兵糧の多少

④水
⑤地の利
援軍はなし、ただし地の利はある、と。背に天嶮を頼み、前に大川を臨む。高城を攻めるに下から真っ正面の上に向かって攀じ登る以外にない。

城攻めは十倍の軍勢がいる、とも左内は説く。「戦例を申しあげます。すぐる昔、河内の武将に楠正成という人物がおりました。かの者は千早城と申す孤城に拠って幕府軍十万をよくふせいだと聞いております。正成の手の者はわれらと同じくただの千余でごんした。百倍の大軍と戦ったのであります」

わかった、と大殿は応じ、

「おまえたちは御家のために死んでくれるか」

「もとより」

四人ともが声をあげます。殿は手ずから徳利をとって四人の盃に酒をつぐ。継嗣信尚も四人に酒を振る舞う。

「籠城と評議一決した上は、原田から四人衆にこれからの手はずを申しつける」として、原田備前守が城ごもりの支度の具体について説きます。「一刻を争うゆえ、調練組衆の一部をさき、手あきの者はみな総がかりに狩りだすこと。懈怠する者は斬ってすてよ」とまで。以下、十の項目は要なのですべて引用をしておきます。

「まず、近郷の百姓にふれを出して武器兵糧ともども城内にこめる。第二に高城周辺の屋敷はいうに及ばず、近郷近在の民家はすべて打ちこわし、材木を運び入れること。残りは焼き払う。第三に、龍造寺勢が寄せてくる道筋の橋をおとすこと、舟はこわすこと。第四に、井戸に不浄物を投じ、敵の水の手を絶つこと。今は夏ゆえ咽喉渇きが甚しいであろう。井戸水が汚されていると知ったらば、川の水を飲む。夏の川水は腹くだしのもと、そこがつけめである。第五に、米穀塩味噌のたぐいを隠しおき、敵に売り渡す伊佐早人は斬罪に処すという制札を村々に立てること。第六に、近郷の稲田すべてに水をはらせ、畦を切りくずすこと。これにさからう百姓は死罪とする。第七に、城の門、櫓、陣屋、諸倉の近辺には桶、甕類をすえ水をたくわえおくこと。第八に、大小便をためおくこと。第九に、砂石などをためおくこと。第十に、いかに用心をしてもいくさとなれば出火するものであるから、火消し道具をこしらえ、持ち場に備えたてること。よってくだんのごとくであるが、四人衆、何かたずねることはないか」（傍点は引用者）

　この、敵側に不利な形勢を考えられるかぎり周到に用意すること——これを徹底の魔というのでしょう。「道筋の橋をおとすこと」（第三）、「稲田すべてに水をはらせ、畦を切りくずすこと」（第六）は、敵の足を奪い、西郷側に少しでも有利に長く時間かせぎをするに当然にも考えうることです。けれど「井戸に不浄物を投」（第四）ずとか、「大小便をためおく」（第八）、「砂石などをためおく」（第九）とかになると、なんとそこまでやるか——の感嘆さえ覚えます。とすると、籠城には思想も必要だが、それだけで事はすみません。なりふりかまわぬ、捨て鉢の、やぶれかぶれの、やけくそまでをも含む戦の仕方なのでしょう。とりわけここは高城という地の利に富んでいますから。

　さてもう一つ、〝腹が減っては戦はできぬ〟と私たちはよく口にしますが、ここでは文字どおり戦する者のお腹を満たす兵糧の有無の問題こそは何をおいても真っ先の課題にほかなりません。ですから、先の評議の場でも「もっとも肝腎かなめのこと」として主膳が提起します。即、納戸奉行が呼ばれ実量を報告、そしていつまでもつかまで問われて答えます。「申しあげます。今年六月二十日、私の前奉行からひきついだ所蔵実量、籾米五百十五石二斗七升、玄米七十一石三斗六升二合、白米三石四斗一升七合。麦二百二十八石六斗五升一合、粟三百九十石九斗五升、稗二百十三石一斗四升、塩七十石三斗、味噌三十樽、梅干五十六桶、干魚百二十貫、納豆十七樽、以上の通りでごんす。このうち白米は多少喰いべらしておりまして実量はただ今、一石一斗三升と計上いたしました」

平時とちがって合戦時は侍足軽に米の飯を給付しなければならない、という。一人につき一日一升の由。内訳は朝昼晩二合五勺、残る二合五勺は不時の食の折に。むろん米だけでなく些少の干魚の焼いたものや納豆が副菜として付きもしたでしょう。すると千人余の城衆は一日十石をたいらげる。すなわち五十八日間の籠城分に当たります。もとより単純計算上のことです。

実際は、討ち死にする侍足軽もいることを考えると、同時に戦闘が激しくなってきた頃、食事を提供する厨そのものが機能を果たしうるかという問題を考えると、計算どおりにゆくとはとうてい考えられないことです。兵法書では籠城は百日が限度とか。徹底抗戦の果て、城は落ちる運命です。

籠城と兵糧のことでは、籠城評議に先んじてとうに「わたし」は女中頭のイネに命じて、八十人に及ぶ女中を厨の土間に集めるよう指示しかつ籠城に向けての心構えを説くつもりです。ところが現場に行って、その女中たちの吊り上がった目をみて、説くのはやめます。イネがすでに申し渡しているのに気づいたからです。ところで、そこにはイネ自身がかかえている覚悟がはたらいているようなのです。イネは死にたがっているらしい、と。そのため念仏勤行に精を出して来世を願っているのを「わたし」は知っていたからです。なぜというに、イネは夫との間にもうけた三人の息子をみな事故や病で亡くしていたからです。当の夫も長崎攻めの折に喪っていたから不運つづきといってもいいでしょう。髪が半ば以上白くなったいま、喪うものがなくなって心中深く期するところのあるのを、「わたし」は察知しているのです。まだ、もう一つの秘密があるのですが、それはあなたへの宿題ということにしましょう。

ですから、女中の前ではこう言うのです。

「……ただ、わけあって城と命を共にすることができない者もいよう。明日の夜までは城の外におちのびることかなうゆえ、その者どもは事情をイネに申しのべて許しをいただくように」

女中どもはざわめいた。籠城への志気を鼓舞したばかりなのに、こう言われたら気持がぐらつくのは必定です。むろんそのことは見てとったうえで、最後に、

「ただし、今おいとま乞いをして城を去った者どもは、龍造寺と和平を講じて御家安泰となったとき帰参しても召し抱えない。このことを肝に銘じておくように」

と付け加えるのを忘れなかったのです。イネはほっとして、あとは兵糧に不足の食材品々の調達を女中に命じます。一例をあげておくことにします。

「城内のお倉に所蔵してあるのは、米麦雑穀の他に塩魚と梅干、納豆のたぐいのみです。青ものが足りない。お城衆に心ゆくまでいくさをしていただくのがわたしどものつとめ、青ものもなくてはならぬ。ヒエよい」

「はいさ」(――こういう返答の仕方が面白いですね)

「おまえは美野の庄屋がもとに走り、芋葉茎、ささげ、なすび、小大根、生姜、わらびの根、胡瓜、なた豆、ちさ、にら、ねぶか、夏菜、むかご、ゆり実、夏萩、みょうがの子などを所望して参れ。まだとりいれておらなんだら女中どもに手伝わせ、夕方までに城内へ運びこむように」

「かしこまりました」

以下、アワへ、ムギへも具体的な指示をします。この女中たちの名前――通称でしょうけれど、いかにも生活感をおびた名づけではあります。ともあれ、単に千人余のお腹を満たすためだけでなく、力を付け滋養強壮のための食の提供を考えてみると、裏方とはいえ厨奉行の存在は非常に重いものがあります。

ここまでくると、ふと映画『男たちの大和／YAMATO』の厨房のシーンが脳裡に浮かびます。戦艦大和の乗員三千三百十二人(「落城記」籠城の約三倍)分の毎日の腹を満たすために用意した糧食が、その具体的な食材の品種と総量がどれほどのものだったか、米、麦、肉、野菜、塩、味噌、そして日本酒も含めて相当量を要したでしょう。片道燃料しかもたない特攻とは、乗員の食材でもそうだったはずでしょう。アメリカ軍戦闘機の爆撃によって、その厨房があっけなく潰えるシーンは見ていてつらいものがあったと思い出せます。原作が辺見じゅんによる女性の視点――すなわち、たとえ戦のさなかにあっても食という生活を抜きにしてはありえぬ場景を丁寧に描き込んでいたのが実に新鮮で、これまでの戦争映画にないシーンを深く印象づけるものでした。

「落城記」の文学作品としての達成度の高さも、城内のこの生活者の目線が丁寧かつ正確に、とは具体的に描かれているために、これ以上の籠城のリアリティーは他にないからです。そうそう、向田邦子がその最晩年に、この「落城記」をプロデュースしたのも、いわゆる城攻めといえば内外の武士足軽の闘争が中軸となるのに、「落城記」はそこに至るまでの城内の、とりわけ〝食〟の問題が丁寧に描かれていることに注目したからだと思われます。

籠城と兵糧——このことは、あの太平洋戦争を、わけても南方ニューギニア方面で、敵と闘うというより飢えとの闘いであった戦争を想起させずにはおきません。野呂が「落城記」を書くのは、その胸中に『失われた兵士たち』を抱えているからにちがいありません。

小野田元少尉の帰還（一九七四年〔昭和四十九年〕）は、太平洋戦争の〝落城〟を生き延びた亡霊のごとくでした。

その三、わたしは楠である

城ごもりの支度がすべてととのった頃。

明日の晩はもう戦のさなかだろう。本丸の炎上するのを脳裡に描く。火は大楠にまで燃え移っているだろうか。二百有余年の歳月をへた本丸が、大楠と高さを競うように炎を立ち上らせるだろうか。

「わたし」は最期を見届けたいと思う。——いま手許で横長に開いている単行本『落城記』の表紙絵が、まさしくその想像裡の光景を描いているんです。夜、小山の上の高城が真っ赤に炎上しています。夜空までが赤に覆われています。その左傍に大楠が天上に葉を広げて影絵（シルエット）のごとく立っています。そうした炎上の光景が、大川の対岸の敵側からの目で描かれているのが表紙絵、装画の名はなく装幀北沢知巳。ついでながら奥付には「昭和五十五年七月五日　第一刷」とあり、左下隅に© Nagao Nōsho 1980。なんといまから三十七年前の単刊本です。少しのシミも褪色もしていません。『諫早菖蒲日記』（一九七七年）も同様で、書棚の身近に置いていた本たちです。この頃は奥付にまだキチンと「定価一千円」と入っておりました。今日のバーコードは入っていません。りっぱに年代物であります。また「著者　野呂邦暢（のろくにのぶ）」の下に〈著作権継承者　納所長雄〉とあって、兄の名でしょう。作者は「落城記」を「文学界」（一九七九年十月号、文藝春秋）に発表したのち、単行本とするにあたって大幅の推敲と九十四枚を加筆しています。しかも最終脱稿のなったのが、野呂邦暢の死（一九八〇年五月七日）の直前だったのでした。

「落城記」一篇の中身と成り立ちと作者の死、これが運命的かつ宿命的なものを訴えずにはおりません。

　城が炎上するとき、そのときは「わたし」も自害して果てるのだ、そう覚悟を固めています。その夜更けてのことです、突然、寝込みを襲われます。ほかならぬ左内とイネに、です。身体と両手に縄をかけられて、即刻、七郎さまと城を落ちよ、と告げられるのです。龍造寺に通じている足軽の甚八が案内役として、七郎、「わたし」、そして小姓のタケの四人で、搦手口から城抜け、逃避行へと走るのです。後ろ手に縛られ、口も手拭いで覆われたまま。死ぬ覚悟はとうにできていたのに、突然、生き延びよとは何たる仕打ちか。正室ならぬ側室たるにすぎない身を生かして、何の西郷家であるのか。こうではない。「わたし」は、イネと共に殉じることに生き甲斐さえ見いだしていたのに――。

木の間隠れに城が見え、本丸も城壁も見えていた。しかし茨の間道をゆくうち、振り返るととうとう本丸の屋根も見えなくなった。目の前には七郎さまが。「わたし」は七郎さまとともに生き延びられる。夢のようだが、夢ではない。幼少の頃学問する七郎さまについていって天祐寺の大銀杏のもとでいつまでも一人で待っていた。大川に溺れかかった七郎さまを見つけて自分の身を預けて介抱したのはいつだったか。

父上が腹を召され、左内たちが首をとられ、七郎さまとわたしがこときれ、今、高城でがつがつと焼味噌つき握り飯をむさぼり喰らっているすべての侍足軽、年寄りや女子供が死にたえようとも、蟬はなきたてるのである。大楠は朝日と夕日に輝くのである。そう思うと、日ごろやかましいだけの蟬の声が、きょうはしみじみとありがたく聞えた。

大楠のてっぺんで、風に身をもんでいる梢がいじらしく見えた。

わたしは城が燃えさかるとき、この世を去っているだろう。七郎さまも。わたしはこと切れても生きているだろう。わたしがこの世からいなくなることはない。わたしは楠である。わたしは草である。わたしは蟬となってあの大楠にとまり、夏の朝、身をふるわせてよろこばしく鳴くだろう。わたしは死なない。死なないと思いさだめたからには、死を怖れるいわれはない。

七郎さまが自若として舞いを舞われているわけを知ったと思う。わたしと同じことを考えていらっしゃるにちがいないからである。本丸のきざはしに立って、大楠を見あげておられる七郎さまのお姿を見るのはいつものことだ。（二十一節）

その七郎さまを目の前にしている。五町ほどのところで、四人はいったん歩を休め、その折、七郎さまは木の根に腰を下ろして肩で息をなさる。風が「わたし」の後ろから吹いてくる。

七郎さまは向きを変え、わたしと正対された。わたしの目に妙なものが映った。七郎さまの首に紐つきの袋がかかっている。袋は重そうにふくらんでいた。路銀であろう。

わたしは知らず知らず懐剣を抜いていた。

(七郎さま、覚悟)(三十一節)

路銀を入れた袋が目に入らなかったら、あるいは懐剣の鞘をはらわなかったかもしれぬ、と「わたし」は後に考える。懐剣は小姓のタケに与え、甚八と夫婦になれ、それから一つ願いが――。合戦が終わったあとで、七郎さまの弔いをきちんとしてほしい、と。そうして、「わたし」は高城へ戻るのです。高城で死ぬために戻るのです。搦手門へたどりつくと、左内が真っ先に駆け付ける。七郎さまをこの手で殺めたこと、亡骸はタケと甚八が葬ったこと、「わたし」は死ぬためにお城に戻ってきた、ときれぎれに語ります。左内はいちいちうなずいて、髪をなでながら一言も発しなかった。

この「わたし」於梨緒の行為、生き方そのものが、『落城記』一篇の中核をなしているといっていいでしょう。勝ち気で、負けず嫌いで、男まさり――それは見た目の表向きのものでしかないでしょう。先の引用のように、己が運命と宿命を内心深く悟ってしまった者の、それを観照、諦観といった便利な言葉で解説も可能ですけれど、どうもそれとは違うものが感じられますね。
「わたしは楠である。わたしは草である」
そう書けるのは、小説（フィクション）だからです。いや、小説を借りなければいえないこと——末期の眼ゆえと呼んで、いっこうにさしつかえないのでは……。

野呂の風景・風土を見る目に、とりわけ歴史小説を書くようになってからいっそう、末期の眼に似た視線を覚えずにはいられません。第二の故郷というべき諫早を舞台とした歴史小説を書くとは、現在から過去を見る視線以上に、過去から現在を見る、いや、過去によって見られている視線で風景・風土を描くことです。その大筋や骨格は少しも変わっていない風景・風土のなかで生き死にを繰り返してきた人間の生活。変わらないものとたえず変化してやまない人間の生き死に。不易流行。世の中は食べて糞して寝てさめて子が親になり子が親になり。

往相（おうそう）と還相（げんそう）という二種廻向（えこう）の思想が、浄土教のなかにあります。この世に生を受けたすべての者が浄土往生へ向かうという行きのベクトルだけでなく、浄土往生できたればこそこの世に戻ってその功徳を衆生にほどこすことができる。同様に、人間の眼のなかにも、往相の眼と還相の眼が、ものを考えるひとほど深く宿るもののように思います。末期の眼というのも、いわば死から生を透視する還相の眼のことではないでしょうか。

プロローグを書いた三年前は、ある漠とした勘で「風土へのヴィジョン」と名づけましたけれど、いまは〝風土からのヴィジョン〟までをも感じています。

さて、原点に戻って、風景や風土や風姿や風貌や……に「風」が付いているのはなぜなのでしょうか。ここでは、二つの歴史小説を読み返しているとき、改めて思ったのは〝過去から吹いてくる風〟の感触でした。それがいまの土地にもつながっていると思うとき、過去は遠く向こうにあるものではなく現在そのもののなかに露わなのだ――これを歴史感覚、〝風土のヴィジョン〟と呼ばずして何でしょう。

大楠が、三年前に諫早を訪れた折に見た丘の上の大楠が、五百年、千年を生き延びてあるのを見ると、みずみずしい神々しさと、対して人間の生命の短かい切なさを考えずにはおられません。その土地に根ざし、動くことはできぬものの、一つ所で長い長い人と風土の移り変わりを見てきた存在です。もの言わず、むっと一つ所で。

12 G島、アウステン山――『丘の火』

――ここは他所者(よそもの)の目という視点が必要だったんだな。

長篇『丘の火』を読み終える頃、ふと口をついて出た呟きである。

諫早の歴史と風土と人間を描いてきた作家が、ここではあえてそうではない、都会育ちの東京人を主人公（伊奈伸彦）と設定した時点で、この大長篇の方向性は決定的なものがあった。すなわち、他所(よそ)から此所(ここ)（伊佐―作品中土地名）へやってきた異郷人(ストレンジャー)の目で、この土地を根城として生きている人間群像を眺め渡してみたい――野呂邦暢がめったに試みたことがないことをあえて己に課すこと、そうして見えてくるものをこそ捉えてみたい、と考えたことは紛れもない。

〝視点を変える〟とは、単に設定上の問題だけにとどまらない、世界の見方が変わるほどの契機をつかむことができるからである。すでに野呂は二つの歴史小説で、十五の、あるいは二十(はたち)ほどの女性の目で、幕末を、さかのぼって秀吉の九州征伐の時代を俯瞰し、かつ虫の目で土地の地霊ともいうべき歴史性をよみがえらせることができた。時を超えても変わらぬものと、たえず変化してやまない時代性の両者――不易と流行を。〝視点を変える〟とは、また書き手自身を距離をおいて対象化することを可能ならしめるきわめて有効な骨法でもある。漱石が「猫」という低い目線だけではなく、「吾輩」（猫のくせに）なる高踏的かつ知的スノビズムのまさる態度で世態人情を眺めてみること、それがいっそうシニックなユーモアという批評を獲得しえたのはいうまでもあるまい。近代の小説は、それが私小説だろうがなかろうが、自己批評を内在せぬ作品に価値はないというべきだろう。

まして批評文でも、事は同じである。この『丘の火』（『野呂邦暢小説集成』第八巻、文遊社、二〇一七年）の解説は口当たりのいい通り一遍のおざなり批評とでもいうほかないものだ。毎回、解題を担当している中野章子のほうがよほど丁寧に作品読解のポイントを指摘しえている。それでもまだ不十分と思うところがあるので、変則、変化球の読解ないし解釈をすることにした。

大長篇といっていい『丘の火』（約千百三十枚、一九七八年二月―八〇年四月、「文学界」〔文藝春秋〕全二十六回連載）は、その前年（一九七七年）にまとまった「戦争文学試論」を副題にもつ『失われた兵士たち』を明らかに引き継いでいる。『丘の火』は舞台を諫早（作品中は伊佐）に極限して、表向きはエンターテインメント性を存分に含んでいる。登場する地方新聞の老練の記者や社主。土地の利権をめぐって暗躍、しかも市政に打って出ようとするため中央の政治家の威を借りる建設会社社主。一方、主人公伸彦の妻との間には離婚問題、別に関係する女性もあって、世俗説話には事欠かないほどステレオタイプの群像で埋められている。野呂邦暢は読者を飽きさせないように実に緻密に巧んでストーリーを展開してやまない。ただし、それはあくまで見かけ、中核は別にある、というのが私の判断だ。『丘の火』は九州・諫早のG（ガダルカナル）島戦争体験（記）をもとに、戦後三十四年（一九七九年）頃の旧軍人たちの心の内奥をさぐる試み――ひいては日本人のそれとして読むことができる。この作品を通して一九七〇年代後半の精神風土の一端がよく見えてくるからである。

私はこの『野呂邦暢、風土のヴィジョン』を、戦後七十年の二〇一五年に始めた。いくつもの偶然がまるで必然のようにつながって、第一部としたところでは『父と暮せば』『明日』、そして『失われた兵士たち』の読解を通して、野呂のワンダーランドに踏み込んでいった。そうして本書の最終章で『丘の火』を読むとは、あたかもはじめとしまいの円環を閉じるかのような首尾結構を感じずにはおれない。すなわち『失われた兵士たち』で提起した日本人の戦争の庶民レベルでの実相をさぐると同時に、野呂自身のかかえる〝戦争〟――それはあくまで体験ではなく〝聴く〟――について考えることになった。

この長篇は書かれた一九七八年から八〇年（昭和五十三年から五十五年）の、敗戦後三十四年前後の時代の空気を呼吸している。かつて若くして徴兵され外地南洋におもむいて戦い命からがら生還しえた軍人も、いまや六十代を迎え病みがちな老人となっている。敗戦後七十年（二〇一五年）から顧みるとちょうど半分前、この頃の六十代は老いそのものだった。海軍の准士官だった私の父は一九一六年（大正五年）生まれ（母は一九二〇年生まれ）、敗戦時（一九四五年）二十九だったわけだ。時代が急に一、八〇度転回――あるとき分度器を反回転させてみて感じたこと――して、これからどう生き抜いていったらいいのか、われひとともに暗中模索の毎日だったろう。いわゆる戦中派の中核は一九〇〇―二〇年代（明治後半から大正年代）に生をうけた人々といっていい。『失われた兵士たち』のはじめに挙げられた知識人の戦争文学の作家十人の生年をみてみると、いちばん古いのが一八九八年（明治三十一年）井伏鱒二、一九〇五年が二人原民喜、石川達三、〇九年は大岡昇平、一五年（大正四年）には梅崎春生と野間宏、一七年は島尾敏雄、二〇年は安岡章太郎などである。あの吉田満も生年は二三年であった。彼らの没年齢はさまざまなのでここではふれない。ただ彼らだけに限らず、戦中派の老いは深い。戦争が心と軀を蝕んだ老いだからである。

『丘の火』に登場する人物群も戦中派である。所は諫早（作品中は伊佐）、現実は世代交代進んで、旧軍人の息子・娘たちの世代に。この街の顔役たる二人の旧軍人がいる。いまや現役引退の身の上ではあるが、戦後間もなく伊佐での不動産と町の振興を担う菊興商事の前社長。家住宅が丘の上にあって町を睥睨するがごとく羽振りがいい。もう一人、重富病院院長の存在も有力者然として市政をも動かしうる役割をもった位置を保っている。前者の菊池省造も、後者の重富兼寿も、いまや老齢かつ病みがち。共通点は二人とも伊佐におけるG（ガダルカナル）島派遣軍第十八師団百二十四聯隊の中核を担う立場だったこと——菊池は陸軍少尉、重富は軍医として。

さて、事は省造の後を引き継ぐ新社長、長男省一郎の依頼で、父の戦場でののちのメモをもとに正確なG島体験戦記を文章として起こしてほしい旨を、主人公伊奈伸彦が承けるところから始まる。もちろん十分な報酬を払う条件で。同時に、その頃重富院長も自身の体験戦記をまとめたばかり、しかし出版寸前で急遽とりやめ、一切を焼却処分にする、したの噂が流れる。

なぜ？——戦場G島で起こった何か禁忌（タブー）にふれるようなことがあったがゆえに、それが明るみに出ればまだ現に生きている戦友や遺族にかえってあらぬ迷惑が及ばぬともかぎらぬ。戦記出版停止はいっそう疑惑や不信をうむことになった。当然にも、では伊奈が依頼された菊池の場合はどうなのか。息子は父が残した断片やメモをもとに、筋の通ったG島戦記を本としてまとめて形にしたい、それが父への孝行のつもりなのだが、伸彦が一度ようやっと省造と面談できた折の様子では、その会話もままならない口許や顔や目の様子から、息子の意に反して望んでいるわけではないことを敏感に察知している。つまり、省造のG島メモにも、あるいは禁忌（タブー）に抵触しかねないことが書かれていたにちがいないことを容易に推察させるのである。

とすれば、G島でのタブー（作品本文ではこの言葉を使ってはいない）とは何か——この謎（ミステリー）が、長大な物語を牽引してゆく動因となるわけである。

ところで、伸彦は菊池からの依頼の作業を進めてゆくうちに、ほかにもG島体験の生還者のいることに気づきだす。一人は市設図書館長の榊原（「ここには何故かG島関連図書がおかれていない、どうしてですか?」と伸彦）、ある戦記を読んだ心覚えで、ふとこの町のはずれで養鶏を営む真鍋、そして町の古書店を営む店主山口の三者。三者とも菊池、重富とともに百二十四聯隊のわずかな生き残り組ではあるが、三者には他の生き残り組とは違う俘虜（pow=prisoner of war）として戦後の日本に帰国したこと。当然にもなぜ、俘虜となったのか、の問題を自他ともに問いとしてかかえている。N市（長崎）を中心に「G島会」（メンバーのリストと会報を出している）なる団体があるが、三者はそれに帰属してはいない。みながみな命からがらの生き残り組にほかならないのに、しかし三者には俘虜としてアメリカ兵に助けられて、彼の地で敗戦までわずかながら食うことと生き死にの恐怖と危機を避けていられた時期をもっていたこと——これそのものが避けられぬ負い目ともなっているのである。むろん当該俘虜とても自ら望んで投降兵（もいたから）となったのではないというプライドもからむ厄介な心理的屈折をおびている。戦争が終わっても、戦後三十四年を経ても、心のなかではちっとも戦争は終わってはいない。どころか戦時中のあの戦陣訓（東條英機）が心の奥底を縛ってさえいたからである――「生きて虜囚の辱を受けず、死して罪禍の汚名を残すことなかれ」が。すなわち、軍人たるもの虜囚になるくらいだったら潔く自決して果てよ、の意だろう。とすると、右の三者は、あるいは三者に対して誰も決して口にはせぬものの、おめおめと虜囚になり下がって、よくぞ生き恥さらして帰ってこれたもんだ――そんな眼差しにさらされているがごとくだ。三人が俘虜として互いにG島のことを語り合うことはない。ただ同じ伊佐に住んでいること、まれに真鍋が新鮮な鶏卵を榊原や山口に届けたり、軀をこわしていないか訪れる程度の淡い交流があるばかり。

そうした日々のところへ、他所者がうろうろしだしてから、思い出したくもない過去の、亡霊のような火が蘇りだすかのようである。語り手たる伸彦の動きと存在はあたかも狂言回し的な役割をおびているだけではない。G島に関して〝勉強〟を怠っていないゆえに、菊池や重富の立場だけではない、三者の俘虜の目に偏することのない、利害とは無縁の透明性をおびてもいるので、いっそう五者を通したG島の全体像がしだいに見えてくるように仕組まれている。いわば伸彦はここでは見る人である以上に聴く人の役割を担っているかのようだ。聴くといってもたんに耳を傾けることだけではない。相手に巧みな問いを発することでもない。時間をかけて相手と付き合うなかで、こっちの意図を超えて彼らのほうが問わず語りのようにモノローグしてしまう――ここのことだ。

＊

Ｇ（Guadalcanal）島とは、ニューギニア島北部の小さな孤島、中央にアウステン山をもつ以外は密林、合間に草原があるだけだ。——「こんな所を占領したところで、国力に何のプラスもなさないのではないか」と、怒りと疑問をブッけていた「ニューギニア戦記」の筆者がいた。『失われた兵士たち』のなかにある。

〝ジャワは極楽、ビルマは地獄、生きて帰れぬニューギニア〟

兵士間で語られていた言葉として本文中にあるように、G島は〝餓島〟と呼ばれるほど、戦死者よりも飢餓とマラリア病にやられて餓死してゆく者のほうが多かった。とりわけ一九四二年（昭和十七年）末から四三年（昭和十八年）にかけて急増した。

九州の陸軍十八師団（百二十四聯隊）がG島へ派遣され、占領したのが一九四二年七月のこと。すぐさま島の先端に飛行場を建設するも、あとから攻めてきた機動力のまさるアメリカ軍にあっけなく乗っ取られてしまう。結果、まるでアメリカ軍のために飛行場を用意してあげたようなブザマさを露呈。繰り返し攻撃をかけてもついに奪還叶わず、翌年二月には撤退、撤収を余儀なくされる。この半年は攻防戦でさえなく、いたずらに兵力をムダ死にさせるばかりだった。なぜというに、占領間際の頃は弾薬と糧秣の補給はあったけれど、その後は形勢逆転ゆえ軍（大本営）も輸送船を送ること自体叶わなくなるほど疲弊していたからである。当初三万千余が、撤収の折には一万六百に。二万余の兵がG島で死者となった。

「生き残った者の記録」（寺坂亀治）のなかに次のような一節のあることを、本文中で伝えている。

「撤退直前」の様子を。

天与の銃剣と手榴弾のみを身におびて、鉄壁を誇る米軍陣地へ挑もうとする作戦は合点がゆかぬ。むざむざと死にに行くようなものである。死ぬのなら何も逆上陸までせずともアウステン山のたこつぼ陣地にしゃがんでおればいい。毎日、戦友が息を引きとってゆく。（略）

　朝の点呼には応答した戦友が、夕方には絶命している。夕方までは敵襲に際して銃をとり手榴弾を投げていた兵隊が、朝になってこときれている。山全体が今や聯隊の墓所と化したかの如くである。包囲されたアウステンからどうやって脱出すればいいのだろう。敵は山麓に鉄条網を張りめぐらしている。わが軍の攻撃を怖れてのことだろうか。いかにせん、わが聯隊はもはや昔日の強兵の面影うせ、たこつぼ陣地にうずくまって死を待つのみである。

　このごろは兵隊の外見であと何日もつか見当がつくようになった。

立つことのできる兵は、三十日間、
体をおこして座れる兵は、二十日間、
寝たらおきられない兵は、七日間、
寝たまま小便する兵は、三日間、
ものをいわなくなった兵は、二日間、
またたきしなくなったものは、一日。

　しかしながら命令は命令である。動ける兵は黙々と転進準備にかかる。生きている兵がひそむたこつぼより戦死者をそのまま埋葬したたこつぼの方が多い。土を掘る体力はないので、たこつぼにしゃがんだまま死んでいる兵に浅く土をかけるだけである。（傍点は引用者）

一体、なぜにこうなったのか——大本営から弾薬と糧秣が届かなくなったからか。いや、届いてはいた、駆逐艦や潜水艦で量は少なくとも。ただ届きはしてもすぐさまグラマン機に見つかり機銃掃射を受け、その多くが眼前で潰えていったのである。ムダ、ホウマツとなっていったのである。さて、ここで露わになってくる問題点を、三つまとめておこう。それをG島での、あえて禁忌(タブー)にふれることと捉えてみたい。

①糧秣をめぐって友軍の同士討ちがあったこと。
②撤退、撤収の際の、軍医による死の注射のこと。
③アウステン山に、見捨てられ棄民化された兵士たちのこと。

①は、肺炎をこじらせて入院(重富病院)加療中の真鍋吉助を見舞った折に、問わず語りふうにほとんど一方的にしゃべり、ときに伸彦が疑問点を問う。俘虜の汚名を着てアメリカの収容所から帰国した真鍋は、俘虜だったためにG島での出来事を他の戦友たちのように大っぴらに語ることができなかった。戦後三十数年もの間、彼のなかで何べんも繰り返されてきた物語のはずだ。伸彦の訪問が、封印されていた過去に火をつけたのである。

①の出来事にかかわるところを引用する。地の文は本文、伸彦の解説と読んでもよい。以下、カタカナ漢字まじりが、真鍋の語りの場面に当たる。

日本駆逐艦の行動はネズミ輸送と呼ばれた。損害が増加したので駆逐艦のかわりに潜水艦が使われるようになった。ゴム袋に米を入れ、G島沖まで潜航して夜間浮上する。ゴム袋を海に投げこんで再び潜航する。いわゆるアリ輸送である。駆逐艦よりも格段に輸送量が少かったのでそう呼ばれた。

潜水艦もまたしばしばアメリカ艦隊に発見され被害をこうむった。餓死者が急激に増え始めたのは昭和十七年末から十八年にかけての頃である。

（ヒト寝入リシタノハ二時間バカリダッタデショウカ。付近ヲ捜索スルタメ寺坂兵長ガ出マシタ。今イル所ガドコナノカ知ル必要ガアッタノデス。スグニ寺坂サンハ帰ッテ来テ小隊長〔菊池少尉：引用者注〕ドノニ、友軍ノモノラシイ大発〔大型発動艇内ノ食糧ノ略：引用者注〕ガ漂着シテイルト報告シマシタ。内部ニハ食糧ヲツメタゴム袋ガ積ンデアルトイウノデス。ワレワレハ寺坂兵長ニ先導サレテ砂浜ヲ急ギマシタ。（略））

何ガ起ッタカワカラナイママ自分ハ命ゼラレルママニ伏セマシタ。前方ニ敵ラシイ一団ノ人影ガ見エルトイウノデス。自分ラハチョウド大発ノ残骸ヲ敵トハサム位置ニ伏セテイマシタ。シカシ実ハ米軍が夜間ニ出現スルコトハ有リ得ナイノデス。（略）

マワリハミナ敵、自分モソンナ気ガシテイマシタ。ナントシテモ、アノ大発ニ積マレタ食糧ヲ手ニ入レタイ。頭ニアルノハソレダケデシタ。（略）

イイ忘レマシタガ、銃声ハ米軍ノソレデシタ。ワガ軍ノ三八式小銃ト米軍ノM1がーらんど銃ハ発砲音ガ違イマス。敵ト思イコンダノハソレモアリマシタ。銃声ガ小ヤミニナッタトキ、小隊長ガ立チアガッテ大発メガケテ走リ出シマシタ。ワレワレモ後ニ続キマシタ。大発ヲ楯ニ応戦スレバ有利ニナリマス。敵モトビ出シテ来マシタ。自分ガ友軍デハナイカト思ッタノハソノトキデス。敵ニシテハオカシイト交戦ヲ開始シタトキカラボンヤリ考エテハイタノデスガ。

ナゼカトイエバ、米軍ハ絶対ニ突撃シナイカラデス。ソノ上、大発ノ食糧ニ執着スル。自分ト同ジコトヲ考エタ兵モイタノデショウ。「友軍ダ、射ツナ」ト叫ブ声ガシマシタ。（略）

サラニ付ケ加エルナラバ、敵ヨリモ危険ナ友軍ノ存在ヲワレワレハ知ッテイマシタ。少人数ノ糧秣受領班ガジャングル内デ狙撃サレ、荷物ヲ奪ワレルコトガ再三アッタノデス。ジャングル内ニハ、米軍ノ他ニ、数回ノ攻撃時ニ行方不明トナリ自隊へ戻ラズ遊民化シタ、ツマリ戦線離脱ヲシタ逃亡兵ガ出没シテイマシタ。（略）「ヤメロ」ト自分ハ大声デ叫ビマシタ。闇夜デモ相手ノ体ツキデハッキリト日本兵デアルトワカッタカラデス。テンデニ誰モガ何カ叫ンデイマシタガ、争イハヤミマセンデシタ。（略）

（傍点は引用者）

なぜ、同士討ちが生じたのか――あってはならない、あるはずもないと思えることが、現実に起きてしまったのは、なぜか。

すべては〝食いモノ〟がないこと、糧秣の極端な不足が招いた不条理劇といっていいか。窮鼠猫を噛むどころか、人間追い詰められたら何をしでかすかわからない。『野火』（大岡昇平）で問われた人肉食（カニバリズム）いのこともある。エピグラムに「心のよくて殺さぬにはあらず」の『歎異抄』の反語的な一節をかかげていたのもわかる。

いま、真鍋のいう同士とは誰か。同じくG島に入った「一木支隊ヤ川口支隊、二師団ヤ三十八師団ノ遊兵ナノカ船舶ノ連中カ自分ニハ判断ガツキカネマス」という。何しろ闇夜でもあったうえに、お互いがお互いを疑心暗鬼のまま遊兵連中と見なしていた可能性も否定できない。真鍋本人は、相手方の小銃の床尾柄で殴られて気絶していたので、肝心のところが不分明なのである。

しかし伸彦は、菊池のメモの整理の途中で、「大発をめぐる戦いの相手は船舶兵だったと書いている」と真鍋に告げている。それがどこまで信憑性があるかどうかも、わからない（ここにもう一つ、伸彦の父のこととかかわりがあるが、ここでは割愛する）。つまるところは〝藪のなか〟ということか。いずれにせよ、真鍋は内心に深く沈めていた思いの多くを、聴いてくれる相手を得て、外に言葉として表出しえた――といえるだろう。

ソノトキ運ンダ糧秣ガ、ワガ聯隊ニ届イタ最期ノ補給デアリマシタ。

この最後の一言は痛烈きわまりない。

②の問題――軍医の死の注射についても、伸彦が古書店主をしている山口久寿男の見聞とその証言を引き出している。いや、ここでも耳を傾けてくれる人がいて、長く封印してきたことを問わず語

りにしゃべっているのである。ずっと胸奥にあったものを、いま言葉として他者に向けて発している。重富兼寿がG島戦記を書いて、製本間際に焼却処分したことを知っているかとたずねると、山口は気がなさそうに首を横に振った、とある。

（おおかた、自分のしたことを弁解したかったんじゃないですかな。アウステン山を下るとき、希望した病兵に昇汞液を注射して殺したいいわけを書いたんでしょう。それも命令であればいたしかたなかったと。注射する必要なんかありゃあしませんよ。ほうっておいても死ぬのにね）

（重富の大先生が注射してまわった……）

（私はあの人を責めようとは思わない。軍司令部からの通達に忠実であっただけのことなんです。第十七軍の参謀長宮崎中将が「行動不如意にある将兵に対しては皇国伝統の武士道的道義をもって万遺憾なきを期すること」という命令を起案しています。わが聯隊が属していた三十八師の佐野忠義中将も、「独歩し得ざる者を敵手に委せざるため武士道見地より非常処置を講ずべし」と師団命令を出していたことが、戦後わかりました。命令通りに重富さんが実行していたら私の現在はなかったわけです）

重富軍医は壕内を巡視して、回復不能と診断した重傷病兵にのみ、それも希望する者だけに昇汞液を注射した。楽になりたいために注射をせがむ兵が多かったという。さすがに医師としての良心がとがめたのだろう、と山口はいった。

（ひととおり注射が終ったあとで、重富さんは土をかきむしるようにして泣いていましたよ。私のタコ壺の傍でしたがね。泣く気力は残っていたわけだ。栄養失調の私らはことごとく無感動になっていて、戦友があけがた冷たくなっとっても、おや、こいつ死んどるわいと思うだけ。私は珍しいものを見るような感じで軍医を見ていました）

戦後、ビルマから復員した重富兼寿は聯隊の生存者、とくに俘虜であった元兵士には献身的であった。健康保険がゆきわたる以前から、ただ同然の治療費で面倒をみた。真鍋吉助の結婚に二回とも仲人をつとめたのも重富である。生活が苦しい元俘虜には、金銭的な援助も惜しまなかった。

山口は重富の罪科（つみとが）を責めてはいない。戦後のありようも自利ならぬ利他的な振る舞いがすべてを語っているだろう。見かけはそうだとしても、実は重富は重富なりに、ずっと罪科を抱いてそこから脱しきれない、ある迷妄をさまよっていたのではなかったか。それが、一度は体験戦記としてまとめはしたものの処分したのは、山口がいうように何をどう書いても自己弁護ないし自己正当化を免れない――の判断があったからだろう。

本当の問題は、むしろ先の戦陣訓同様、軍令部の命令たる「皇国的伝統の武士道的道義」や「武士道的見地」そのものである。それを、のちに負の観念の肥大した戦時の〝亡霊〟だとするのはやすい。しかし、それを生きている人間にはそうは見えない。上官の命令はすなわち天皇のそれであり、絶対服従だからである。ただ戦後になってもそれは軍人の意識の深層にあって解けてはいないのである。ゆえに、重富が献身的であればあるほど、己が贖罪のためだけではなかったとしても、少しも宗教に裏打ちされたはからいがない利他的行為と見ることもできにくいのである――救いがない。こうした思考を促すのは、右の引用につづいて次の一節があったからにほかならない。

（山口さんは重富先生から治療をうけたことは）

（一度だけ、急性胃炎で痛みがひどいとき往診してもらいました。他の医院がなんのかのと口実をもうけて来てくれなかったもんだから。先生はじきにやって来ました。真夜中の三時ごろじゃなかったかな。注射一本で痛みはうすれましたがね、ふと、腕を見ると、注射針が刺さっている。この針が戦友をあの世に送ったんだなと、考えたもんです。そして私をのぞきこんでいる先生の目と私の目と合った。二人共じいっとおたがいの顔をみつめててね。私の考えていることが先生にはわかったんじゃないかと思います。山口よ、何もいうてくれるな、といいたそうに見えました。考えすぎかもしれませんが）

木彫りの黒い鳥に似た重富兼寿が、土をかきむしって慟哭している状態を想像するのはむずかしかった。三十四年前のことだから、彼が二十代のころである。患者の命を救うべき立場にある者が、命令とはいえ命を奪わなければならない役割を果すのは心苦しかったにちがいない。（第十五章。傍点は引用者）

③について。②右の山口の語りには前段がある。伸彦が何度目かの山口古書店をおとずれた際、互いのヤリトリから思わず山口が何十年ぶりかでG島の話をした。戦友ともめったにしない話を、見ず知らずの伸彦には話すことができた。その晩、店を閉めてから妙に気持ちが高ぶってか、夜の散歩ならぬ彷徨（さまよい）をした、という。

そのとき見たことを、こんなふうに伝えている。

「菊池さんの家はあなたもご存じのように小高い丘の上に立っている。火はその頂で燃えとりました。私の立っている所から一キロは離れているのに、夜のことだからすぐ目の前で燃えているように見えましたよ。兵隊時代に教育されたものです。煙草の火だって夜間は一里先からも見えるもんだって。これと同じ情景を私は思い出しました。三十四年前にG島のアウステン山で、われわれは火を焚いたんです。つまり昨夜は私は火を見る側だったけれど、G島では火を焚く側という違いがあったわけだ。（以下略）」

「火を見る側」と「火を焚く側」と。

ここに紛れもなく二つの視線の交差がある。二つの視線といっても別々のものではない。三十四年前のG島アウステン山で生き残っている軍人たちの存在証明(アイデンティティー)のために火を焚く側の目と、三十四年後にふと、同じく暗い夜に丘の上の火を見る側の目――それらが一人の人間の心のなかで一瞬にしてスパークし交錯する劇を垣間見たかのようだ。

「火を焚く側」とは何か。

「待てど暮せど迎えが来ない。敵の包囲網はだんだんせばめられる。小隊長が約束したのだから、必ず迎えは来ると信じていました。（略）ひょっとしたら小隊長はわれわれが全滅したと思いこんどるのじゃないかと真鍋さんがいった。(略)」しかし、「ここで頑張って米軍を喰いとめ、救援を待っているというしらせを後方に伝えようじゃないかというんです。なんらかの形でね。本部の壕へ行ってみると、通信器材は破壊されている。伝令は出せない。そこで、敵側の反対斜面に火を焚いたんです。軍司令部の壕の上あたり。飛行場からは見えない位置を選定しましてね。タサファロング方面からは見えたはずです。毎晩、九時ごろ、きまった時刻に、われわれが生きておるというしるしを見てもらいたかったんです。かわるがわる焚火をやりましたよ。大がかりに燃やすと敵に気づかれて砲撃されるから、細心の注意を払って火をつけました。祈るような気持でね」

(傍点は引用者)

では、「われわれが生きておるというしるし」は発見され、伝わったのか。

アウステン山はとうに日本軍人の墓所と化していた。たこつぼ陣地でわずかに生き残っている者たちの丘の火は、必死の助けを求めてのSOSだった。しかし、それはどこにも誰にも発見されないまま終わっていた、としかいいようがない。

すでに軍人たちは棄民化されていたからである。

*

真鍋吉助が死の間際まで書いていた大学ノートを預かる。むろんG島での体験回想記である。見た、感じた、考えた――ことを、先の語りではない文章として、いわば遺書そのもののごとく、それも戦友ならぬ他所者の伸彦にこそ読んでほしいメッセージ性の濃厚なノートである。G島でのリアルないくつもの挿話（エピソード）に満ちているのだけれど、冒頭に近いところで、夜にうごめく蟹の話が克明に描写される。

「夜になると蟹が動きだす。横たわっている兵隊の体の上にも這いあがってくる。払っても払っても取りつく。ある夜、いつになく蟹が多かった。皮膚に蟹の脚がもぞもぞすると妙に寝つかれない。一晩じゅう両手で蟹を追いやって、睡眠不足になったのであった。隣に寝ていた戦友も舌うちしながらどうして今夜は蟹が多いのだろうと、ぶつくさいった。朝のしらしら明けに、まわりを見て驚いた。海岸道から波打際まで、何万という蟹で埋めつくされ、いつもは白い砂浜も今朝は暗い紫色に変っている。おたがいの間隔は十センチあまりの密度で、人間が通ると横に避け、通りすぎれば元に戻る。ゆえに我々の足もとを中心に直径一メートルほどの円内だけは白い砂地がのぞき、人間が移動するにつれてそれを中心に白い円もゆれ動くのであった。あたかも暗い舞台に立つ俳優の動きをスポットライトで追うかのように。

南海の空は青く、折りからの朝日は光を樹々に投げ、万物は輝いている。にもかかわらず見わたす限りの浜辺は無数の蟹によってその太陽のまぶしいきらめきを吸いとられ暗紫色に沈んで見えた。これらは正午すぎには一つ残らず姿を消した。夜から朝にかけて蟹の大移動は、おそらく産卵のためと思われる。

私はいっとき戦（いくさ）の庭にある自分を忘れ、自然の摂理に思いをこらした。日米いずれが勝つにせよ、G島での戦いはやむときが来る。しかし、蟹どもは人間たちの争闘にはおかまいなく、年に一度この海浜を埋めて白い砂地を暗紫色に変えるだろう。


この一節を読んで、この感覚のみずみずしさを見て、

――おやおや、これは野呂邦暢じゃないか！

と感じない読者はいるまい。まるで真鍋が野呂に憑依したのか、野呂のほうが真鍋になりきっているかのようではないか。何よりその文章の息づかいそのものが野呂邦暢でなくて誰あろうか。

「真鍋ノート」に、こんなに野呂の地が出てしまっていいものだろうか、と思わないでもない。作者はむしろ、真鍋になりきって、真鍋の目を借りて世界を、ここはG島での経緯（ゆくたて）を見直そうとしている――そう考えていいのだろう。なぜなら以下大まかに整理したところ「十二」（右の蟹の話を①とすると⑫まで）の長短の挿話（エピソード）が語られているからである。ここですべてについてふれることはできないので、まずは小見出し（リード）風に「十二」の挿話を列べてみる。そのうえでふれておくべき点について引用しかつ注を加えることにしよう。

「真鍋ノート」のあらまし
＊①夜の蟹の生態

②砲撃、敵襲〔一九四二年（昭和十七年）十月か：引用者注〕、のち上等兵の分際なのに菊池少尉と口がきける。
③（物もちがいい）菊池少尉は私の装具を見て感心した。「歩兵はいわば移動する陣地である」
＊④将校もピンからキリまでいる。キリの光景。
⑤飛行場造成の土工要員から聞いた話。わが海軍の雷撃機がルンガ沖に停泊中のアメリカ輸送船団を襲った、その折果敢な攻撃ぶり。――一九四二年八月上旬
⑥一九四二年十月中旬。ラバウルから来た大輸送船団がグラマンの急襲にあい沈没――日本の負傷兵をいっぱい収容していたのに。
⑦一九四三年一月。糧秣ドラム罐の中身――同士打ちの形跡のこと。
⑧一九四二年十月二十四日、再攻撃のこと。
⑨「甲斐、あれが射てるか」――照明弾を打ち砕く名射手。
⑩巻脚絆にかぎ裂きのない軍曹の、カラいばり。ピンキリのキリ。
＊⑪「私は草の上にあお向けになった」――一九四二年十月二十六日か。
＊⑫総攻撃のとき、常に〝これが最後だ〟と命を張った一瞬の戦いのことが克明にたどられる。

――

①―⑥は「第十七章」に、⑦―⑪は「第十九章」に、そして⑫は「第二十三章」にある出来事である。＊印（①はすでに引用）は以下に要約ないし引用をするつもり。「真鍋ノート」の視線や視点がよ

くうかがえる箇所である。

＊④G島マタニカウ川の上流で露営した折に出会った、大尉を長とする一団が幕舎を張っていた。彼らは大尉以下全員、負傷していた。第二師団の野戦病院だったか。総攻撃で傷ついた兵隊が前線から後退して療養しているところ。〝おい、当番〟という声。私（真鍋）は菊池少尉の当番を下番したばかりだったのでギクリ。当番兵は将校の身の回りの世話をする役目。声をかけられた兵隊は三十すぎの一等兵、呼ばれて頭を少し上げるが、熱発していてすぐに顔を伏せた。まもなく大尉がさっきより大声でどなる。

〝おい当番、起きんか。炊事をしろ、米はあるではないか。熱くらいがなんだ〟

と激しい口調である。当番兵は必死にもがいて起きようとしている。たまりかねたか、大尉は一等兵のえりがみをつかんで上体を起こさせた。

〝元気を出せ。おまえが国を出たときは父母や妻子に送られただろう。大体、マラリアにかかるのがなっとらんのだ。キニーネを苦いといってのまなかったんだろう〟

一等兵はうなだれて、大尉からこづかれるたびに頭をぶらんぶらんさせるだけだ。（略）私たちは米をとぐ手を止め、なりゆきを見まもっていた。

〝貴様はこの俺がこれほど励ましているのにわからんか。故郷の家族は今おまえが軍務に精励していると信じているのだぞ。しかるにこんなざまで申しわけが立つと思うか〟

（略）大尉の部下たちが知らんふりをしているとと思ったのはまちがいであった。彼らはうわべでは無関心を装いながらその実、耳をそば立てて大尉の言を聞いていたのである。私の前で米をといでいた軍曹は一兵卒から叩きあげた歴戦の下士官らしい風貌であったが、蒼白になって肩をふるわせていた。さぞや彼はつらかっただろう。〝もう、やめて下さい。当番兵は重症であります。休ませてやって下さい〟

と。これが意見具申というものである。名目として階級が下の者でも実行してさし支えないが、往々にしてこれは反抗もしくは上官侮辱と見なされ、ぶん殴られるのがおちなのだ。軍曹は大腿部に負傷していた。陸士出の若い将校（私には二十七、八と見えた）に意見具申しても無駄と承知していたのだろう。

その夕方、一等兵は横たわって黙って死んでいった。大尉は顔色も変えなかった。（略）将校もピンからキリまでいる。第二次総攻撃の際、敵前で重傷を負って倒れた部下を、わが聯隊のある中尉はわざわざ引き返してかついで帰った。中尉はその時に射たれた傷から出血が止まらず翌日、死んだ。救出された一等兵もガス壊疽で三日後に絶命した。中尉は陸士出であった。まだ二十四、五歳ではなかったろうか。菊池少尉は遺体にとりすがって慟哭していた。無二の親友であったと聞いている。小隊長は陸士を出ていない。高専卒で幹候あがりの将校であるが、あの大尉にくらべ人間として数等できが上であるかとその時は思わぬわけにはゆかなかった。

将校のキリとピンの一例証である。真鍋は透明な目で戦場での人間のありようの一端を活写している。前のカタカナで表現された口頭による語りとは異なる、文字言葉による表現の迫力を感じずにははいられない。真鍋は並々ならぬ表現者といわなければならない。
＊⑪は攻撃のあと、撤退の途中にマタニカウ川の支流に出て、みなが水辺に駆け寄って水を飲むところ。負傷者ももちろん水を欲しがるが、水を与えるのは禁物らしい。死を早めるとか。そうなのか。「私は澄みきった川の水を腹這いになって心ゆくまで飲んだ。全身の細胞に冷たい水がしみわたるようであった」と真鍋は記すのである。さらに先では「小川だけ見れば、郷里の伊佐川上流とよく似ていた」と、少年時代のことを思い出しているのだから、野呂と諫早・本明川を想わずにはいられない。
次の場面(シーン)は、しかし戦場にあって戦場を突き抜けた瞬間のあることを、あったことをとらえている。あたかも永遠の一瞬の光景のごとくに。

＊⑪私は草の上にあお向きになった。
密林のきれめ、梢の上にひろがる青空が目にしみた。

白い雲が東の方へゆっくりと流れた。

双発の大型機が編隊をつくって雲の上を飛行した。編隊はつぎつぎときれめに現われては消えた。私はそれがどちらの飛行機か、考えもしなかった。戦争は遠い世界のできごとのように思われた。チョコレートをひとかけら食べただけなのに、空腹を感じなかった。咽喉の渇きをいやして私はすっかり満ちたりた気持であった。木の葉が高い所で日をあびてみどりに輝き、日光が黄金色の縞になって密林に射しこむのを見ていればよかった。

ずっと離れた地点で機銃が連射された。音からして友軍のそれではなかった。

こうした一瞬の光景ほど、会話や口頭では語りにくく伝えにくいものはない。口にしたとたん白々と言葉が浮いてアワのように消えてしまうから。軍人にかぎらない。私たちの日々（にちにち）のなかにもあること、感じていること。しかし、ここは戦場、敵との攻防のあと、生死のはざまをさまよった果てに、川に出て水を飲む。ふと甦った生命と我に返った瞬間の光景だったからこそ、真鍋の記憶のなかにずっと消えることがなかったのだろう。それをいま、病床にあって死を目前にした老体だからこそ、想起に念力がかかっているのである。これをしも末期の眼と呼ばずして何といおう。

つまり、書くこと、言葉にすることで、あの光景に〝絵（イメージ）〟を与えて、伝達せずにはいられなかったからである。――「戦争は遠い世界のできごとのように思われた」

＊⑫は、一九四二年（昭和十七年）十月二十四日の夜襲あとの、最後の総攻撃のもようを詳細に記述することに精魂を込めている印象がある。己のまもなくの死とのせめぎ合いのごとくに、である。ふと一カ所、印象に残った一節を引いておくことにする。

わたし〔前の引用では「私」、「ページを繰るにつれて文字の乱れがひどくなった」と伸彦はいう：引用者注〕が覚えているのは、翌日の午前二時ごろ、敵陣地を目前にした草原に伏せたときからである。前夜の台地を別の方角から攻撃したのだと思う。

（略）

「前へ」

分隊長が声をおし殺して命じた。

「後方に逓伝、音をたてるな」

「逓伝、音をたてるな」

われわれは腹這いのまま進んだ。棘のある草が顔を払った。つる草がからみついた。地面は夜露で湿っていた。草は冷たかった。二発の手榴弾、三十数発の小銃弾、帯剣と三八式歩兵銃、身につけている武器はそれだけだったが、連日ろくに食べていない体には重さがこたえた。草の底を匍匐しながらわたしは喘いだ。

（略）

わたしはまぢかの草に宿った露をなめて、乾いた咽喉をうるおした。水滴は甘い味がした。伏せている兵隊はみなそうしているらしかった。草がさらさらと鳴った。


――「草のつるぎ」のシーンとそっくりだ！

この引用をみれば、誰しもそう思うにちがいない。となれば、この「真鍋ノート」は実は〝野呂ノート〟なのではあるまいか――。

ここまで、『丘の火』の戦記の部分にこだわってたどってきたのは、「真鍋ノート」は彼が伸彦に託したメッセージそのものであり、すなわち作者野呂邦暢が真鍋の目を借りてG島体験を再構成する試みにほかならなかったからである。もとより野呂はG島体験者そのものではないけれど、そこはたくさん読んできた戦記読解と公式戦記との違いを調べたうえで、なおそこに想像力による、言葉の力に託した世界の再構築を試みているのである。

真鍋は野呂に〝憑依〟しているのである。

野呂はまた真鍋になりきって世界を見ているのである。

「真鍋ノート」が、野呂の文体そのものであるのは、そのゆえだ。

ここまでくれば、冒頭に菊池から託されたメモや断片による菊池省造（少尉）の体験記のまとめなど、もとより伸彦の狂言廻し的存在同様、一見謎めかした話のタネにすぎない。見かけ千枚を超える大長篇にしてエンターテインメント性を存分に駆使しながら――なんだかそこまでサービスしなくたっていいものを、なぜというに連載が「文學界」です――実は野呂は「真鍋ノート」を通して、戦場G島での山口や重富や菊池の人間として軍人としての実相を捉えてみようという試みだったた――そういっていいかもしれない。何より山口も真鍋も「俘虜」だったこと、その実相、立ち位置からの視線が捉えられていることが要である。

同時に、一九七九年から八〇年になる頃に山口や真鍋や重富や菊池らが、戦中派の見本（モデル）としてあったということ。彼ら六十代の後半から七十代になっていた老人の心中を領していたものは何だったか、G島前線で戦った戦中派の死ぬ年代、それが戦後三十四、五年の頃にほかならなかった。

いままた、それからさらに三十四、五年を閲した戦後七十年に相当する。この原稿は七十二年目の秋口だが、始めたのは二〇一五年、戦後七十年がキッカケだった。私よりも若いひと（政治学者・白井聡）が『永続敗戦論――戦後日本の核心』（〔講談社＋α文庫〕、講談社、二〇一六年）を書いて新視点をみせてくれる。若い人に教えられる思いである。

さて、『丘の火』は東京からここ（諫早、物語では伊佐）にやってきた他所者の土地の人々との出会いから始まった。他所者だからこそ見える、あるいは出会うべき人間とのつながりを通して、そして少しくなじんだものの、ここに居つくことなく去ってゆく。風のように現れた人は、再び風のように去ってゆくのが常道である。『丘の火』は壮大にして豊かな失敗作である。失敗作だからこそ、野呂の本音が露わだ、といっていい。『失われた兵士たち』をまとめてもなお書き足りないものが、書くべきことを付け加えておきたいという思いが、『丘の火』にはあるからである。

そうして、あろうことか、野呂邦暢の小説家としての人生も、風のように姿を現したかと思ったら、いくつもの名品を残して四十二の若さで、『丘の火』を書ききって問題を提起したうえで、五月、ある日突然、風のようにこの世から去ってしまった。無念、遣る方ない。

野呂邦暢は風であった。

エピローグ

病室の広い窓から天上を仰いでいると、朝の光を浴びて雲がたえずさまざまに変容してゆくのがよく見える。雲は天才である。何にでもなることが容易だ。見るほうからすると、何にでも見立てることができる。青龍はおろか、麒麟だって虎だって、ときにはパンダにだって。ただし、ほんの一瞬の間だけ。

ふと、この天上を海に見立てて考えていると、

——そうだ、と思った。

——野呂邦暢はこの海上に、ある日突然出現した活火山そのものだった、と。

勢い盛んに約十年以上、大小さまざまな火を噴き放ちながら、あるときそれが不意に消えた。あの活のいい火山が突然にやむなんて誰が思っただろう。死火山となった。そうしてそれから三十五年もたつほどに、いまでは草深い山となっている。

ところで緑の山といえば、田村一男である。感覚の山に精神性を与えた山の画家を思い出す。力強くシンプル、そこに風の吹いているのがわかる。山上の厳しい風である。

さて、本書で扱わなかった作品がいくつかある。たくさんの短篇も、処女作「壁の絵」や「棕櫚の葉を風にそよがせよ」など。しかし、いまはごらんの目次立てのように論ずべき対象には真正面から切り込んで、さまざまな点に光を当てて書いた。正直にいえば、ふれなかった作品にはどうしても〝作りもの〟めいた感を否めなかったのである。小説作品自体〝作りもの〟なのに、それがさらに〝作りもの〟めいていたら……。もちろんそうでない名品もある。ただ、生前の単行本未収録にそれが多い。

このエピローグは朝の病室で書いている。ムリがたたって今年のはじめから風邪をこじらせ肺炎を患った。急速に体力が衰え、この間入院時に量った体重は四十二(・一九五キログラム、キロメートルではなく)だった。

――シニイクカクゴ、

とたれかがシャレてかブラックユーモア風に読み替えた。文字どおり〝死にゆく覚悟〟を深めた。

みすず書房から野呂の大部の随筆集『兵士の報酬』『小さな町にて』二冊と、文遊社による『野呂邦暢小説集成』(全九巻)が出なかったら本書を書くことはなかっただろう。「プロローグ」から「7カスピアン・ターン」までは、縁があって沖縄の季刊誌「脈」(比嘉加津夫主宰・編集、脈発行所)に連載した稿である。

二〇一七年十月十日

深谷考

[著者略歴]
深谷 考（ふかや・こう）
1950年、茨城県結城市生まれ
文筆家
著書一覧：
『車谷長吉を読む』（2014年）
『三浦哲郎、内なる楕円』（2011年）
『滝田ゆう奇譚』（2006年）
『幸田文のかたみ』（2002年）
『洲之内徹という男』（1998年）
『阿部昭の〈時間〉』（1994年）
『海辺の人間――阿部昭論』（1991年）
『小さなモザイク』（1987年）（いずれも青弓社）

野呂邦暢（のろくにのぶ）、風土（ふうど）のヴィジョン

発行………2018年2月28日　第1刷
定価………2400円＋税
著者………深谷 考
発行者……矢野恵二
発行所……株式会社青弓社
〒101-0061 東京都千代田区神田三崎町3-3-4
電話 03-3265-8548（代）
http://www.seikyusha.co.jp
印刷所……三松堂
製本所……三松堂

ISBN978-4-7872-9246-9　C0095

深谷 考

車谷長吉を読む

己のなかの「高い自尊心」「強い虚栄心」「深い劣等感」という「人間の三悪」をえぐる孤高の作家。人間の業を見据えた代表作を徹底的に精読して車谷文学の本質を浮き彫りにする。　定価2400円＋税

深谷 考

三浦哲郎、内なる楕円

肉親や故郷を題材に作品を書き続けた三浦哲郎の文学世界には青森と東京とを行き来する「楕円形」の空間が存在している。「血」「風土」「宿命」などを柱にするその本質に迫る。　定価2600円＋税

中村 誠

山の文芸誌「アルプ」と串田孫一

文芸誌「アルプ」を創刊して文学ファンに刺激を与えた串田孫一を中心にすえて、登山とそれをベースにした山岳文学の華やかな光と辻まことら文学者たちの熱い息吹を多角的に描く。定価3000円＋税

谷口 基

戦後変格派・山田風太郎

敗戦・科学・神・幽霊

怪奇・幻想・エロ・猟奇・ＳＦ的要素などの作品の奇想、風太郎の記憶や死生観、敗戦から高度成長へという時代状況の３つの視点から作品を読み、「戦後変格派」として復権させる。　定価3000円＋税